KB067479

할로윈

〈K-픽션〉 시리즈는 한국문학의 젊은 상상력입니다. 최근 발표된 가장 우수하고 흥미로운 작품을 엄선하여 출간하는 〈K-픽션〉은 한국문학의 생생한 현장을 국내외 독자들과 실시간으로 공유하고자 기획되었습니다. 〈바이링궐 에디션 한국 대표 소설〉 시리즈를 통해 검증된 탁월한 번역진이 참여하여 원작의 재미와 품격을 최대한 살린 〈K-픽션〉 시리즈는 매 계절마다 새로운 작품을 선보입니다.

The K-Fiction Series represents the brightest of young imaginative voices in contemporary Korean fiction. This series consists of a wide range of outstanding contemporary Korean short stories that the editorial board of *ASIA* carefully selects each season. These stories are then translated by professional Korean literature translators, all of whom take special care to faithfully convey the pieceså original tones and grace. We hope that, each and every season, these exceptional young Korean voices will delight and challenge all of you, our treasured readers both here and abroad.

할로윈
Halloween

정한아 | 스텔라 김 옮김
Written by Chung Han-ah
Translated by Stella Kim

ASIA
PUBLISHERS

차례

Contents

할로윈
Halloween

1.

　죽음에 이르러 부탁하여―할머니는 유서의 첫머리를 이렇게 썼다. 장례식을 10월 넷째 주 금요일에 집에서 치를 것, 집과 토지를 네 명의 자녀들에게 나눠줄 것, 가게를 정리하여 세희에게 넘길 것. 마지막 순간, 할머니는 뭔가 더 할 말이 있는 것처럼 입술을 들썩였지만 이내 긴 숨을 내쉬고 세상을 떠났다.

　당시 나는 P시에 있었다. 휴대폰을 없애고 잠적하듯 집을 떠난 터라, 할머니의 부음도 듣지 못했다. 임종 후 일주일이 지나서야 아버지가 수소문 끝에 나를 찾아왔다. 아버지는 나에게 왜 불현듯 직장을 그만두었는지,

1.

Near death, I request—this was how Grandma's will began.

Hold the funeral at home on the fourth Friday of October; divide my house and land among my four children; arrange to sell the store and hand over everything to Sehee.

In her last moment, Grandma moved her lips as if she had more to say, but then she let out a long sigh and passed away.

At the time, I was living in P City. I'd cancelled my cell phone and taken off without telling anyone, so I didn't hear about Grandma's death right away. My father asked around and finally found me a week

왜 연락처도 알리지 않고 사라져버렸는지, 이 낯선 도시에서 뭘 하고 있는 건지 묻지 않았다. 그는 본디 자신의 일 말고는 중요한 것도, 궁금한 것도 없는 사람이었다.

할머니께 감사해야 한다, 고 아버지는 말했다. 자식도 아닌 손녀에게 유산을 남겼으니, 고모들에게서 다른 말이 나오기 전에 가게를 정리해야 한다는 것이었다. 아버지는 비좁은 지하방을 한번 둘러보더니, KTX 시간이 다 되었다면서 자리를 털고 일어났다. 현관문이 닫히고, 나는 한참이 지난 뒤에야 할머니의 유서를 집어 들었다. 죽음에 이르러 부탁하여—힘을 주어 또박또박 쓴 글씨의 모양새를 한동안 멍하니 들여다보았다.

아버지는 나를 낳아준 엄마와 오래전에 이혼했다. 두 사람이 떠난 후, 나는 할머니의 집으로 왔다. 평생을 병상에서 보낸 할아버지의 흔적이 집 안 곳곳에 남아 있었다. 물 빠진 병원복, 볼링핀처럼 나란히 서 있는 새하얀 약통들, 거대한 크기의 호흡기계……. 할아버지는 그 전해에 세상을 떠났다. 오늘부터 여기서 함께 사는 거라고, 할머니가 말했다.

할머니와 나는 금세 한 팀이 되었다. 우리에게는 공통점이 많았다. 둘 다 된밥을 좋아했고, 추위를 많이 탔고,

after she died. He didn't ask me why I quit my job out of the blue, why I disappeared without even leaving a phone number, or what I was doing in this city I had no connection to whatsoever. He'd always been the kind of person who never cared for or was curious about anyone else other than himself.

He told me I should be thankful to Grandma, because she'd left the store to me, instead of to her children. He also said I should sell the store before my aunts started complaining. He then looked around my tiny basement apartment and stood, saying he needed to catch the train. Even after he closed the apartment door, I waited quite a while before picking up Grandma's will. *Near death, I request*—for a long time, I stared blankly at her handwriting, which showed her effort to write clearly and neatly.

My father divorced my mom a long time ago. Both of them went their ways, and I was sent to live with Grandma. Her house was full of traces of my grandfather, who'd spend most of his life on a sickbed. Worn out, faded hospital gowns; white bottles of pills, lined up like tiny bowling pins; a huge respirator... My grandfather had passed away

텔레비전 소리를 싫어했다. 군과의 연애사건이 아니었다면, 끝까지 함께했을 것이다. 할머니는 내 일에 이러쿵저러쿵 간섭한 적이 없었는데 그때만큼은 반대가 격렬했다. 날마다 듣기 싫은 소리를 해댔다. 결국 나는 한밤중에 집을 떠났다. 당시 나는 할머니가 암 말기 환자라는 것도, 진통제로 죽음을 연기하고 있다는 것도 몰랐다. 사실을 알았더라면 떠나지 않았을까? 아마 아닐 것이다. 그때 나는 미쳐 있었으니까. 늙은이가 내 다리를 붙잡고 늘어지면, 아마 발로 뻥 차고 뛰쳐나갔을 것이다. 미친다는 것은 그런 것이다.

군과는 직장에서 만났다. LED 조명기기를 만드는 회사였다. 사장은 값싼 중국산 LED 칩을 들여와서 샹들리에부터 독서등까지 돈이 되는 건 뭐든지 다 만들어 팔았다. 샘플 조명 탓에 사무실은 늘 대낮처럼 환했다. 때에 절어 있는 군의 옷, 그의 주름진 얼굴, 위축된 어깨에 매달린 누추함이 훤히 다 들여다보였다. 나는 군에게 아내와 아이가 있다는 사실을 종종 잊어버렸다. 원체 자기 이야기는 하지 않는 사람인 데다 가정의 손길이 닿은 흔적이라고는 찾아볼 수 없었기 때문이다. 그는

the year before I began living with Grandma.

"We'll live here together—starting today," Grandma had said.

She and I quickly became a team. We had a lot of similarities. We both liked our rice dry rather than sticky. We got cold easily, and we didn't like the sound of the television. If it hadn't been for my relationship with Gun, we would've lived together until her passing. Grandma never meddled in my personal affairs, but she bitterly disapproved of Gun. Every day she would badger me, using words I didn't want to hear. In the end, I left her house in the middle of the night. At the time, I had no idea Grandma had terminal cancer, and that she was delaying her death with painkillers. Would I have stayed if I'd known? Probably not. I was crazy about Gun back then. If she'd hung onto my leg to stop me, I would've kicked her off. That's what it means to be crazy.

I met Gun at a job. We both worked at an LED light manufacturer. The company's president imported cheap LED chips from China and made anything and everything out of them—from chandeliers to desk lamps—that he could make money

싱거운 농담을 잘했고, 바람 빠진 소리를 내며 웃었다. 웃으면서도 늘 뭔가 불편한 것처럼 눈썹을 찌푸렸다.

우리는 오랫동안 직장 동료로 지냈다. 카풀로 함께 출퇴근하고, 단둘이 술을 마시며 시답지 않은 이야기를 나누다가도, 밤이 되면 얌전히 각자의 집으로 돌아갔다. 그러던 어느 날, 포장마차 간이 테이블에서 그가 내 손을 잡았다. 손을 빼내려고 했으나 그가 놔주지 않았다. 왜요, 라고 물었더니 무서워서요, 라고 대답했다.

"세희 씨, 나는 살아가는 것이 무서워요."

그는 절박한 목소리로 내게 속삭였다. 서서히 손에 땀이 차올랐다. 두 손이 찐득찐득하게 엉겨 붙었다. 나는 그에게 한 손을 붙잡힌 채로 소주를 마셨다. 알싸한 기운이 아랫배로 스며들었다. 우리는 그렇게 두 손을 포개고 한참을 머물러 있었다.

매일 새벽에서 아침으로 넘어가는 푸르고 서늘한 시간, 나는 차를 몰고 군을 태우러 갔다. 그가 사는 빌라 앞에 차를 대고 있으면, 잠이 덜 깬 듯 휘청휘청 걸어오는 그의 모습이 보였다. 어느 날부터 내가 그를 기다리고 있다는 것을 깨달았다. 그의 지친 얼굴이 나를 발견하고 환하게 밝아지는 순간, 그 순간이 점차 나를 길들

from. Because of all the sample lights in the office, it was always as bright as noon inside. Gun's clothes, soiled with sweat and dirt, his wrinkled face, and the sense of squalor that always hung from his slumped shoulders were plainly visible. I often forgot that he had a wife and a child, because he seldom talked about himself and I couldn't find a touch of home life in his appearance. He often made silly jokes and his laughter sounded like air wheezing out of a punctured tire. And he frowned even when he was laughing, as if something were always bothering him.

We were coworkers for a long time. We carpooled to and from the office, had a few drinks together after work, and talked about nothing in particular, then went meekly back to our homes at night. Then one day, as while we were drinking at a folding table in a street stall, he grasped my hand. I tried to pull it away, but he wouldn't let it go. What's going on? I asked, and he said he was scared.

"Sehee, I'm afraid of living on," he whispered in a desperate tone. Sweat began to collect between our palms, gluing them together. One hand in his, I sipped *soju*. And a feeling of excitement crept up

였다. 나는 그를 구해주고 싶었고, 그가 나를 구해주기를 바랐다.

군과 함께 P시에 내려오면서, 나는 모든 걸 다 버렸다. 가족, 친구들, 직장, 자동차, 내 방, 침대, 책, 옷, 구두―그것들은 나라는 인간을 이루는 세포였다. 나라는 인간의 역사였다. 나는 망설임 없이 그 전부를 버리고 뒤돌아섰다. 과거는 끝났다. 군이 나의 미래였다.

야간열차의 남아 있는 티켓 중에서 가장 먼 곳이 P시였다. 만약 D시의 표가 남아 있었다면 D시로 갔을 것이다. 텅 빈 열차 칸에는 군과 나 둘뿐이었다. 나는 야윈 그의 어깨에 기대 눈을 감았다. 죽어도 상관없다고 생각했다. 적당히 연명하다가 어느 순간 끊어지면 그뿐이라고. 부모 없이 할머니의 손에서 자란 탓인지, 나는 늘 그런 생각을 하며 살았다. 너무 일찍이 노인이 되는 법을 배운 것이다.

춥고 굶주린 채로 P시에 도착한 우리는 누군가 쫓는 사람이라도 있는 것처럼 빠르게 걸었다. 생활을 위해 당장 무슨 일이든 찾아야 했다. 임시직과 아르바이트로는 집세를 내고 끼니를 때우기도 어려웠다. 나는 마트에서, 그는 전선 공장에서 일을 시작했다. 전과 비교할

my stomach. We sat with our hands folded together like that for a long time.

Every day, in the cool, bluish grey gloom as dawn turned into morning, I drove to Gun's house, parked in front of the apartment building where he lived, and watched him swaying toward me half asleep. Then one day I realized I was waiting expectantly for him. The moment when his tired face found me and began to brighten—that moment was gradually subduing me. I wanted to rescue him. And I longed for him to rescue me.

When I moved to P City with Gun, I left everything behind—family, friends, work, car, room, bed, books, clothes, and shoes. These had been the cells that made up the person I was. They were my history. Without hesitation, I let go of the past and started over. Gun was my future.

Among the tickets available for the night train, P City was the farthest away. Had there been tickets to D City, we would've gone there instead. The train car was empty except for Gun and me. I leaned against his boney shoulder and closed my eyes. I thought it wouldn't matter now if I died. I would get by until the day my life was over, and that would be that. That was how I had always

수 없는 노동 강도에 몸이 축축 처졌다. 그래도 명랑한 기지만은 잃지 않으려고 애를 썼다. 매일 식사를 함께 만들어 먹고, 짧은 거리든 긴 거리든 손을 잡고 걸어 다녔다. 나는 군의 옷을 직접 손으로 빨아 햇빛 아래 말렸다. 그가 땟국물 한 점 없는 반듯한 옷을 입고 집을 나서는 것이, 환한 얼굴로 나를 돌아보며 손 흔드는 것이 기뻤다. 그때껏 죽어 있던 영혼의 한 부분이 생생히 살아나고, 숨을 쉬었다. 우리는 서로를 같은 표정으로 바라보았다. 모두에게 공평하게 주어지는 것이 삶이라는 것을, 그게 전부라는 것을 나는 뒤늦게 깨달았다. 매일매일—남은 것이 없었고, 남길 것도 없었다. 그렇게 봄이 되었다.

"아직도 무서운가요?"

어두운 방에서 손을 잡고 나란히 누운 어느 날 밤, 나는 군을 놀리듯 물었다. 열린 창문으로 봄밤의 향기가, 꽃과 나무와 풀벌레 소리가 밀려들어 왔다.

"……무서워요."

처음에 나는 그의 말을 잘 알아듣지 못했다. 그는 다시금 반복해서 말했다.

"세희 씨와 함께 있으면 무서움이 사라질 줄 알았는

thought about life and death, perhaps because I was raised by my grandmother instead of my parents. I'd learned to become an old person too soon.

Arrived in P City, cold and hungry, we walked quickly, as if someone might be chasing us. We had to find full-time work immediately to survive. A temporary job and a part-time work were not enough for us to pay the rent and make ends meet. I worked at a supermarket and Gun worked at a wire factory. Our bodies were heavy with fatigue from the intensity of labor, which was much more demanding than we'd known before. But we did our best not to get dispirited. We made our meals together every day and walked hand in hand no matter how long our walks were. I washed Gun's clothes by hand and hung them to dry in the sun. It made me happy to see him leaving our home wearing a spotless shirt, turning around and waving at me with a smiling face. A part of my soul that had felt dead all this time was waking up and beginning to breathe. We looked into each other's faces with the same expression. I realized then that life itself—and only life—was something that was given equally to everyone. Day after day, we had

데. 무서워요, 아직도."

고개를 돌렸지만, 그의 얼굴을 알아볼 수가 없었다. 그의 완고한 얼굴 옆선이 희미하게 보일 뿐이었다. 나는 마음이 상해 손을 빼내려고 했다. 그는 잠시 내 손을 붙잡고 있다가, 다음 순간 힘없이 놓아버렸다.

군은 여름이 오기 전에 아내와 자식에게 돌아갔다. 어느 날 집에 돌아왔더니 사라져버렸다. 나는 너무 놀라 입을 다물 수 없었다. 그는 자신의 짐을 하나도 남겨놓지 않았다. 칫솔, 양말, 슬리퍼, 내가 빨아서 말려놓은 티셔츠까지 몽땅 챙겨서 갔다. 대신 그가 짧은 끈에 묶어 가지고 다니던 열쇠와 쪽지 한 장이 신발장 위에 놓여 있었다. 집으로 돌아갑니다, 라는 여덟 글자를 나는 읽고, 또 읽어보았다. 너무 짧고 간단해서 차라리 암호처럼 느껴지는 글이었다. 나는 오랫동안 그 암호를 해독해왔다. 하지만 어디서도 실마리를 찾을 수 없었다. 그것은 그냥 텅 빈 글이었다. 아무런 약속도, 위로도, 변명도 없었다.

나는 홀로 P시에 남았다. 군이 돌아오기를 기다렸던 것은 아니다. 다만 돌아갈 곳이 없었다. 할머니의 죽음이 나를 소환하지 않았다면 아마도 지금까지 P시의 지

nothing left and nothing to save. Then spring came.

"Still scared?" I asked Gun one night, teasing him, as we held hands and lay in the dark. The scent of the spring night and flower, the sound of trees and crickets drifted in through the open window.

"I'm... scared."

At first, I couldn't hear what he'd answered.

"I thought I wouldn't feel scared if I was with you," he went on. "But I'm still scared."

I turned toward him, but couldn't see his face. All I could make out was the faint silhouette of his stubborn profile. Hurt, I tried to pull my hand. He held on to it for a moment, but then let it go, help-lessly.

Gun returned to his wife and child before sum-mer arrived. One day, I came home and he was gone. My mouth was agape in shock. He'd left nothing—his toothbrush, socks, sandals, and t-shirts I'd washed and dried were all gone. The only things that remained were the key to our apart-ment, which he used to carry, tied to a short string, and a note on top of the shoe rack. I read its four words—"I am going home"—over and over again. It was so short it almost felt like code. And for a long time I tried to decipher it. But I couldn't find a hint:

하방에서 좀비처럼 입을 벌리고 누워 있었을 것이다.

2.

옥으로 만들어진 유골함에는 할머니의 이름이 쓰여 있었다. 그 안에 할머니의 육신이 담겨 있다니, 거짓말 같았다. 거짓말 같아서 슬프지도 않았다.

"혹시라도 싶어 미리 말해두지만, 가게 말고 다른 것에는 욕심 부리지 마라."

할머니 임종 때 서럽게 울다가 차례로 혼절했다는 고모들은 이제 회한을 전부 떨쳐버린 듯 보였다. 떠난 사람은 떠난 사람, 남은 것은 결산뿐이었다.

아버지 생각과 달리 고모들은 가게가 내 몫이 된 것에 별 이견이 없었다. 그보다는 한참 값이 올랐다는 집과 시골의 토지가 관심거리였다. 문제는 유서에 적힌 '네 명의 자녀'였다. 할머니에게는 두 고모와 아버지 말고 다른 자식이 없었다. 그것이 단순히 실수인지, 숨은 뜻이 있는 건지, 다들 신경이 날카로웠다.

"한마디 상의도 없이 이런 엉뚱한 유서라니. 노인네 뭐든지 자기 마음대로지."

할머니는 자식들과 사이가 그리 좋지 않았다. 고모들

no promise, no consolation, no excuse. Just empty words.

I remained in P City by myself. I wasn't waiting for Gun to come back—I just didn't have any place to return to. If it weren't for Grandma's death, I probably would have lain on my back in my apartment with my mouth agape, like a zombie.

2.

Grandma's name was engraved on the jade urn that contained her ashes. Her body in that little urn felt like a lie. And because it felt fake, I didn't feel sad.

"I'm just going to say this now, but don't even think of getting anything other than the store."

My aunts who, I was told, had wailed and wept at Grandma's deathbed and fainted one after another, seemed to have shaken off all their remorse. Grandma had passed away, and all that was left was to carry out her will.

Despite my father's advice to me, my aunts didn't object to the store being left to me. They were concerned about Grandma's house and her property in the countryside, which had soared in value. There was one problem, though: "four children." Grand-

은 할머니가 냉정하고 이기적이고 속을 알 수 없는 사람이라고 비난했다. 일찌감치 집에서 겉돌았던 아버지 역시 할머니에게 무관심으로 일관했다. 할머니는 돈벌이로 늘 바빴고, 나머지 시간은 성당에만 매달려 지냈다. 할머니는 늘 혼자였다.

재래시장 앞에 있는 열두 평 남짓한 가게, 할머니는 그곳에서 사십 년 넘게 장사를 해왔다. 청바지 전문점을 하다가 부인복으로, 말년에는 노인 의류 전문점으로 노선을 바꾸어 자리를 지켰다. 다들 할머니에게는 돈을 버는 재주가 있다고 했다. 불경기에 시장 주변이 다 힘없이 무너져도 할머니만은 끄떡없었다. 형편이 살 만해진 뒤에도 할머니는 좀처럼 쉴 줄을 몰랐다. 남들처럼 여행을 떠나거나 시골 흙집에서 텃밭을 가꾸는 노년을 즐기지도 못했다. 암이 번져가는 동안에도 매일 가게 불을 환하게 밝혔다. 매일 새벽 끙 소리를 내며 자리에서 일어나 도매 시장에 갔고, 주말 하루도 쉬지 않고 좁은 가게를 지켰다.

할머니는 내게 자신의 가게를 남겼다. 그것이 어떤 의미인지 나는 알고 있다. 자신의 유해를 정리하라는 것이다. 가게는 할머니의 몸이었다. 처분할 것을 처분하고,

ma had no other children than my father and two aunts. No one knew whether it was a simple mistake or there was some secret meaning to it. It put them all on edge.

"What a ridiculous will. Without even consulting any of us. That crone always did whatever she wanted."

Grandma had not been close to her children. My aunts berated her for being cold, selfish, and keeping to herself. My father, who had left home at an early age, was indifferent to her. Grandma was always busy tending to her store, and when she wasn't, she spent her time at church. And she was always alone.

Grandma's store, located at the entrance of a traditional market, was a little over 400 square feet. She had sold clothes in it for over 40 years. At first she sold denim jeans, then she switched to women's clothes, and finally to clothing for the elderly in her later years. People said she had a knack for making money. Most stores in the market had no choice but to shut down during the recession, but Grandma's shop endured. Even after our lives improved, Grandma didn't stop working. Unlike people her age, she didn't spend her time going on trips or

태울 것을 태우고, 남은 것을 허공에 뿌려 보내야 했다.

셔터를 올리고, 컴컴한 가게 안으로 들어서자마자 뭔가가 와락 무너져 내렸다. 나는 깜짝 놀라 그 자리에 주저앉았다. 부러진 팔, 다리가 내 앞으로 쏟아졌다. 마네킹이었다. 젊은 여자의 얼굴을 하고 있지만, 가게 연수만큼이나 오래된 마네킹은 연결 부위가 헐거워져 도무지 바로 세울 수가 없었다. 대충 그것을 구석으로 치우고, 어둠을 더듬어 겨우 불을 켰다. 사방에 매달린 옷가지들이 눈에 들어왔다.

할머니는 다른 가게보다 훨씬 많은 재고를 두고 장사했다. 그것이 당신만의 비결이라고, 할머니는 내게 말한 적이 있다. 실제로 좁은 가게 안에는 겨우 걸어 다닐 공간만 제외하고 전부 옷가지들이 쌓여 있었다. 대체 이 많은 것들을 어떻게 진열했는지도 의아할 지경이었다.

맥이 빠져 플라스틱 의자에 앉아 있는데, 누군가 문을 열고 들어왔다. 미애였다.

"아무래도 제 도움이 필요할 것 같아서 왔어요."

미애는 아기를 안고 있었다. 고등학교에 다니면서 할머니 가게 일을 돕던 미애는 지난해 스물다섯 동갑내기

tending to a small vegetable garden in a plot next to her house in the countryside. Even as her cancer spread, she opened the store every day. She woke up at dawn with a grunt, went to the wholesale market, and then staffed her tiny store without taking a single day off, even the weekends.

I knew what it meant that Grandma left me her store: She wanted me to take care of her remains. The store was her body. I should dispose of what needed to be disposed of, burn what needed to be burned, and scatter the rest into the air.

When I hoisted the shutters and stepped into the dark store, something crumbled to the ground. Completely startled, I felt my legs give way and I sank to the floor. Broken arms and legs were spread out in front of me. It was a mannequin in the shape of a young woman. Having aged along with the store, all its joints were worn out and it couldn't stand up right. I pushed its pieces into a corner and fumbled in the dark for the light switch. When the light went on, I noticed clothes hanging on racks everywhere.

Grandma's clothing store had much more stock than other similar stores. She'd once told me that

남편을 만나 결혼했다. 귀여운 얼굴은 그대로였지만 눈빛이 전보다 더 강인해진 것을 느낄 수 있었다. 아기 때문이리라고 나는 생각했다.

"사장님이 갑자기 쓰러지시면서, 한여름에 환기도 제대로 못 했어요. 옷이 많이 상했을 거예요."

미애는 자는 아기를 한쪽 구석에 눕히더니, 팔을 걷어붙이고 나섰다. 가게 안에 있는 옷을 전부 끌어내, 종류별로 분류하기 시작했다. 나도 눈치껏 미애를 도왔다. 구석에 처박혀 있는 옷까지 꺼내서 펼쳐놓으니, 산이라도 쌓을 수 있을 것 같았다. 어떤 물건들은 십수 년씩 묵혀둔 것이었다. 유행이 지난 낡은 옷들, 그 소용과 쓸모가 무엇인지 나는 도무지 알 수 없었다. 그것을 아는 사람은 할머니뿐이었다. 하지만 할머니는 죽었다. 쓰레기 같은 옷더미들을 뒤에 남겨둔 채 사라져버린 것이다.

점심때가 되자, 미애는 전화기 밑에서 작은 수첩을 꺼내더니, 자장면 두 그릇을 주문했다. 사방에 물건을 한 무더기씩 쌓아놓은 가게 한가운데서 미애와 무릎을 맞대고 자장면을 먹었다. 아기가 깨어나 울자, 미애는 가슴을 풀어 헤쳐 젖을 먹였다. 아기의 손이 미애의 머리카락을 만지작거릴 때, 그녀의 얼굴이 얼핏 어두워지는

was the secret to her business. It was packed with piles of clothes, with barely enough room to move around. It seemed miraculous that she was able to display all of them.

Overwhelmed, I sat on a plastic chair. Then I heard the door open: it was Miae.

"I figured you'd need my help."

Miae was carrying a baby. She'd helped Grandma with her store while attending high school, and when she turned twenty-five the previous year she'd married a man of the same age. Her face was still bright, but there was now intensity in her eyes. I thought it was probably because of the baby.

"Since she fell ill, no one had time to air out the store, even in the summer, so the clothes might have gone moldy," Miae said.

Miae laid down her child in one corner of the store and pulled up her sleeves. Then she spread out all the clothes and began sorting them into groups. I helped as much as I could. When we had sorted everything in the store, it seemed like we could have built a mountain out of them. Some of the clothes had been there for over a decade. For the life of me, I couldn't figure out the use or value of these worn-out clothes that were no longer in

것을 보았다. 나는 고개를 돌렸다. 유리창 너머로 환한 대낮의 길을 걸어가는 행인들이 보였다.

　오후 무렵, 가게로 할머니의 친구가 찾아왔다. 반백의 단발머리에 차콜색 원피스를 입은 노파였다. LA 김, 이라고 자신을 소개한 그 노파는 테이블 위에 요구르트가 가득 들어 있는 검정색 비닐봉지를 내려놓았다. 여기 올 때마다 이걸 사 오는 게 버릇이라고 중얼거리더니 갑자기 눈물을 쏟았다. 미애가 얼른 일어나 의자를 내주었다.

"미안해요. 늙은이가 주책이죠."

　노파는 의자에 앉아 정신없이 가방을 뒤지더니, 손수건을 꺼내어 얼굴을 묻었다.

"줄곧 외국생활만 하다가 뒤늦게 한국에 들어와서, 내가 참 외로웠어요. 세희 씨 할머니가 내 유일한 친구였지요."

　그녀는 손수건에 기운차게 코를 풀고, 내게 물었다.

"손녀 세희 씨, 맞죠?"

"네."

"할머니가 걱정을 많이 했어요. 이제 집에 돌아온 건

fashion. Only Grandma knew... but she was dead. And she'd left behind piles of clothes that seemed like nothing more than garbage.

At lunchtime, Miae took out a small notepad from under the phone and ordered two bowls of Chinese noodles. In the middle of the store, with those piles of clothes all around us, we sat knee to knee and ate our noodles. When the baby awoke and started crying, Miae undid her shirt and breast-fed it. The baby fiddled with her hair and I noticed Miae's face become a shade darker. I turned my head away. Outside the window, I saw passersby walking up and down the streets in the bright sunlight.

In the afternoon, a friend of Grandma's entered the store. She was an old woman clad in a charcoal grey dress with a silver bob. After introducing herself as "L.A. Kim," she set down a black plastic bag full of probiotic drinks. It'd become her habit, she murmured, to bring the drinks every time she visited the store, and suddenly burst in to tears. Miae quickly stood up and offered her a chair.

"I'm sorry. I'm being ridiculous."

She sat down and fumbled in her bag, found a

가요?"

나는 뭐라 대답해야 할지 몰라 입을 꽉 다물었다.

"어쨌든 장례식 때는 모두 한자리에 모일 수 있겠군요."

그녀는 주름진 손으로 내 손을 토닥였다. 그때 갑자기 스치는 생각이 있었다.

"할머니가 저 때문에 장례식을 미룬 건가요?"

노파는 잠시 나를 바라보더니, 고개를 끄덕였다.

"그 이유도 있었겠지요."

"다른 이유도 있다는 뜻인가요?"

"그 속을 다 알 수 없다는 뜻이에요. 세희 씨는 할머니에 대해 얼마나 알고 있나요?"

그녀는 물음을 남겨놓고 자리에서 일어났다. 아기를 업은 미애는 홀로 조용히 물건 정리를 하고 있었다. 아기는 무척이나 순했다. 제 엄마의 등에 매달려 가끔 목을 울리는 소리를 낼 뿐, 보채거나 우는 법이 없었다. 나중에는 아기가 있다는 것도 잊어버릴 정도였다.

집에 돌아왔을 때, 거실이 텅 비어 있었다. 아마도 고모들이 낮에 다녀간 모양이었다. 오래된 집이라, 가구

handkerchief, and buried her face in it.

"I lived abroad for a long time and came to Korea in my old age. I was so lonely, you know... your grandmother was my only friend."

She blew her nose vigorously into the handkerchief.

"You're her granddaughter, Sehee, right?" she asked me.

"Yes, I am."

"She was very worried about you. Have you come back home now?"

Not knowing what to say, I was silent.

"In any case, everyone will be there at the funeral," she said, patting my hand with her own wrinkled one. All of a sudden, a thought crossed my mind.

"Did Grandma delay the funeral because of me?"

The old woman looked at me for a moment and nodded.

"That was probably one of the reasons."

"You mean there were other reasons?"

"I mean, I don't know everything she was thinking... How much do you know about your grandmother, Sehee?"

The question hung in the air as she stood up.

들을 치운 자리마다 변색된 흔적이 있었다. 고모들은 장례식 때까지 새로 살 집을 구하라고 말했다. 이 집을 허물고, 그 터에 원룸 건물을 지을 것이라고 했다.

부엌으로 가서 냉장고 문을 열자, 지난여름 할머니가 담근 매실청이 눈에 들어왔다. 차가운 물에 매실청을 조금 섞어 단숨에 들이마셨다. 점심때 먹은 자장면이 아직도 답답하게 얹혀 있었다. 할머니의 친구까지 나의 일을 알고 있다니, 당혹스럽기 그지없었다.

하기는 손녀가 유부남과 야반도주했으니, 할머니도 무척이나 당혹스러웠을 것이다. 그때까지 나는 한 번도 말썽을 일으킨 적이 없었다. 앞서지도 뒤처지지도 않는 학창시절을 보냈고, 스스로 무엇이든 알아서 했다. 나는 밝고 명랑한 남자들을 좋아했다. 할머니가 부르면 스스럼없이 집에 들어와 식탁의 한자리를 차지하고, 묻는 말에 시원하게 대답하며 몇 그릇이고 밥을 비우는 그런 남자들. 상대의 호의를 의심 없이 받아들이고, 마음껏 누릴 수 있는 사람들. 나는 그들을 동경했지만, 그들을 사랑할 수는 없었다. 손톱만 한 결함에도 쉽게 마음이 식었다. 삼십 대 중반에 이르러 내가 얻은 결론은 나에게 관계를 지속할 능력이 없다는 것이었다. 결국

Meanwhile, with her baby on her back, Miae was quietly tidying up the clothes piled up all over the store. The baby wasn't fussy at all. Strapped to Miae's back, it occasionally made throaty noises, but didn't fret or cry. The baby remained so quiet that later I almost forgot that it was even there.

When I got back to Grandma's home, its living room was empty. It seemed that my aunts had come during the day. Discolored areas showed where the furniture had been in that old house. My aunts told me to look for a place to live until the funeral. They said they were going to tear down the house and replace it with studio apartments.

I walked into the kitchen and opened the refrigerator, and a bottle of green plum syrup that Grandma had made last summer caught my eye. I mixed a dollop of the syrup in cold water and gulped it down. The Chinese noodles I ate for lunch were still sitting in my stomach. Even Grandma's friend had known about my past. It was thoroughly humiliating.

After all, since her granddaughter ran away with a married man, Grandma must have been quite upset and dismayed. Before then, I'd never gotten into

혼자가 편해졌고, 사람을 믿지 않게 되었다. 나는 보다 합리적인 인간이 되어야 했다. 소득의 절반 이상을 저축했고, 영어회화를 공부했고, 매일 헬스 트레이닝 센터에 다녔다. 하지만 종종 인적이 없는 길 위에 서 있는 것처럼 불안하고 두려운 마음이 들었다.

군은 지금껏 내가 만난 남자들과 달랐다. 내성적이고, 예민하고, 그늘이 짙었다. 군이 내 손을 잡고서 무섭다고 말했을 때, 단단한 둑처럼 막아놓은 마음이 무너져 내렸다. 나는 그와 함께 끝까지 가고 싶었다. 영원히 도망치고 싶었다.

눈을 감으면 아직도 P시의 겨울이 생생히 떠올랐다. 우리는 낡은 점퍼를 입고 구불구불 오르막인 동네의 길을 밤새 다리가 아프도록 걸었다. 그곳에서 보았던 밤하늘, 별, 그리고 옆에 있는 군의 체온. 그것은 내가 인생에서 유일하게 진실이라고 말할 수 있는 것들이었다. 하지만 다음 순간 눈을 떴을 때, 전부 떠나고 없었다. 아예 처음부터 없었던 것처럼 떠나버렸다. 남아 있는 것은 나, 곤혹스러운 나의 존재뿐이었다.

다음 날 미애와 같이 물건을 정리하고 있을 때, 한 노

any trouble. In my school years, I was never too far ahead of or far behind my classmates. And I also did everything on my own. Later, I liked men who were cheerful and easygoing. There were men who came into the house when Grandma invited them in, took a seat at the table, and answered her questions readily, while devouring bowls of rice. Men who accepted people's kindness without suspicion and enjoyed it fully. I admired such men, yet I couldn't fall in love with them. The tiniest flaws in them were enough to make my heart grow cold. In my mid-30s I concluded that I didn't have the ability to maintain a relationship. I became comfortable being alone and no longer trusted people. I knew that I had to be more realistic, though. So I saved up over half of my income, took English conversation lessons, and went to the gym every day. Yet, occasionally, fear and anxiety came over me, as if I were standing all alone on a deserted road.

But Gun was different from the men I used to date. He was introverted, sensitive, and had a shadow hanging over him. When he held my hand and told me he was scared, the strong wall I'd built around my heart crumbled. I wanted to be with him until the end. And I wanted to get away forev-

파가 가게에 들어오더니, 쌓인 옷가지들을 보고 얼마에 파느냐고 물었다. 파는 물건이 아니라고 하자, 그럼 버리는 거냐고 되물었다. 노파의 허리춤에서 보자기가 펼쳐졌다. 노파는 한 보따리 옷을 꾸려가지고 갔다.

미애와 나는 동시에 같은 생각을 했다. 당장 가게 문을 활짝 열고, 사람들을 받아들였다. 한동안 휴업 상태였음에도 워낙 한자리에서 오래된 가게이다 보니 드나드는 노파들이 드문드문 끊이지 않았다. 할머니 소식을 아는 사람도 있고, 모르는 사람도 있었다. 어쨌든 옷이 공짜라고 하면 그냥 돌아서는 법이 없었다. 몸에 얼추 맞기만 하면 먼지가 뽀얗게 내려앉은 재킷, 곰팡이가 슨 바지도 툭툭 털어내서 가지고 갔다. 취향이라든지, 유행이라든지, 가리는 것이 없었다.

신기한 것은 그들이 옷을 가져가는 대신 먹을 것을 준다는 점이었다. 마치 내가 모르는 노파들의 규례라도 있는 모양이었다. 미리 약속이라도 한 것처럼, 노파들은 가방 안에 먹을 것들을 가지고 있었다. 떡, 과일, 과자, 사탕이 줄줄이 쏟아져 나왔다.

점심때가 되면 먹을거리는 더욱 풍성해졌다. 순대를 사 오는 할머니, 약과를 만들어 오는 할머니, 김치 수제

er.

When I closed my eyes, vivid memories of that winter in P City rushed back. Wearing our battered jackets, we would walk along the twists and turns of the up-and-down paths in the town all night long, until our legs were sore. The night sky, the stars, and the heat of Gun's body next to mine. These were the only things I could say were the truths of my life. But when I opened my eyes the next moment, they were gone. Vanished without a trace as if they'd never existed. The only thing that remained was me—and my tortuous existence.

The next day, as Miae and I were cleaning up the store, an old woman came in and, looking at all the piles of clothes, asked us how much they were. When I told her they weren't for sale, she asked if we were throwing them away. Then she unwound a cloth from around her waist and left with a bundle of old clothes.

Miae and I had the same idea at the same time. Acting immediately, we opened up the store and let people in. The store had been there for so long that, despite the long hiatus, a constant stream of customers came in. Some knew about Grandma,

비를 끓여가지고 오는 할머니도 있었다. 그것들을 먹어치우는 것도 일이었다. 미애와 나는 종일 쉴 새 없이 먹었다. 산처럼 쌓인 옷들이 차츰 줄어드는 것이 눈에 보였다.

"이대로라면 금세 정리가 되겠는데요."

미애가 파헤쳐진 옷더미를 제대로 쌓으며 말했다.

"고마워. 혼자서는 도무지 엄두가 안 났을 거야."

"사장님께 도움받은 게 얼마인데요. 당연히 도와야죠."

미애는 땀을 닦으며 조그만 소리로 말했다.

미애는 고아원에서 자랐다고 들었다. 미애는 십 대 무렵 고아원에서 도망쳐 나와 떠돌다가 할머니 가게로 흘러 들어왔다. 할머니는 미애가 일하며 학교를 다닐 수 있게 도와주었다. 고모들이 헛돈을 쓴다고 잔소리를 할 때마다, 할머니는 매서운 말로 입을 막았다. 미애도 나처럼 할머니가 주위 들인 아이였다. 어떤 의미에서 우리 둘은 자매와 같은 처지였다.

"언니, 가게를 넘길 생각이죠?"

미애의 물음에 나는 말없이 고개를 끄덕였다. 집이 무너지고, 가게가 팔리고 나면, 나도 이곳을 떠나야 했다.

others didn't. But none of them left empty-handed when we told them the clothes were free. If the clothes fit even roughly, the old women brushed off the dust covering the jackets and the mildew on pants and took them. They didn't care about fashions, trends, or taste.

The interesting thing was that they took the clothes and gave us food in return. It was as if there existed some kind of rule among old women. As though they'd made some kind of pact, they always had food in their bags: rice cakes, fruits, snacks, and candies poured out in streams.

At lunchtime, even more food appeared. One woman brought Korean sausages; another, home-made fried honey cookies. Another woman even brought in a bowl of hand-pulled dough soup with kimchi she'd made. It was almost a chore to consume everything. Miae and I ate all day long. And the mounds of clothes dwindled.

"At this rate, we'll be able to get rid of all the clothes soon," Miae said, as she reorganized the disheveled piles.

"It's all thanks to you. I would not have known where to start."

"I owe her so much," Miae said quietly, as she

어디로 갈지는 몰랐다. 때로는 홀로 떠돌다가 비참하게 죽는 것만이 군에게 복수하는 길이라는 생각이 들었다. 스스로에 대한 증오와 허영심에 깜짝깜짝 놀라곤 했다.

3.

할머니의 장례식은 유언대로 10월의 마지막 주에 집에서 치러졌다. 아버지와 고모들은 거실에 빈소를 마련하고, 손님들을 맞았다. 나는 부엌을 오가며 음식을 나르고, 사람들이 들고나는 자리를 정리했다. 문상객이 많지 않아서 그럭저럭 일을 치르기 어렵지 않았다. 조용하고 평범한 장례식이었다. 고모들은 간간이 울음을 터뜨렸으나, 이내 평정을 찾았다. 나는 내내 불안한 마음이 들었는데, 그 이유가 뭔지 알 수 없었다.

사흘째 날 저녁 무렵 갑자기 비가 내리기 시작했다. 나는 종일 그릇을 몇 개나 깨뜨려 핀잔과 함께 좀 쉬라는 말을 들었다. 앞치마를 벗고, 막 2층으로 올라가려고 하는데 누군가 내게 알은체를 했다. LA 김 할머니였다. 할머니 옆에는 검정색 판초를 입은 작은 체구의 여자가 있었다. 비에 살짝 젖어 허리까지 구불거리는 검은 머리카락이 눈길을 끌었다. 다음 순간, 여자와 눈이 마주

wiped sweat off her forehead. "Of course I would help."

I'd heard that Miae had been raised in an orphanage. In her teens, she's left the place and wandered for a while, until she got to Grandma's store. Grandma let her work and also helped her go back to school. Whenever my aunts nagged Grandma, saying it was a waste of her money and time, she countered with a harsh retort that shut them up. So like me, Miae was a girl that Grandma took in. So in some sense we were like sisters.

"Sehee, you're planning on selling the store, right?"

I nodded quietly. After the house was torn down and the store sold, I planned to leave this place, even though I didn't know where to go. At times, I thought the only way to get back at Gun was to wander alone and to die in misery. At times, the vanity and hatred I felt toward myself startled me.

3.

As she'd instructed in her will, Grandma's funeral was held at her house in the last week of October. My father and aunts prepared the living room for her wake and received visitors. I hustled back and

쳤다. 놀랍도록 할머니를 닮은 얼굴에 나도 모르게 숨을 삼켰다. 다니엘, 그것이 그 여인의 이름이었다.

다니엘은 한국말을 한마디도 하지 못했다. 마흔다섯 살이라고 했는데, 그보다 훨씬 젊어 보였다. 한 톤 높은 목소리에 연신 웃고 있는 표정 때문에 더욱 그랬다. 아버지와 고모들은 마치 유령이라도 만난 얼굴이었다. 그녀는 할머니의 유언장을 받고 찾아왔다고 했다.

다니엘은 할머니가 사십오 년 전 출산한 사생아였다. 부정한 관계로 낳은 자식이었고, 출생 즉시 미국으로 입양 보내졌다. 할머니는 한 번도 그 딸을 찾지 않았다. 죽음에 이르러 입양기관에 연락을 취했고, 그곳에서 알려준 주소로 마지막 소식을 전했을 뿐이다. 장례식이 보름이나 미뤄져야 했던 것도 바로 그 때문이었다. LA 김 할머니가 그간의 사연을 대신 전해주었다. 다니엘이 한국에 오도록 설득한 사람도 LA 김 할머니였다. 사기꾼이 아니냐고, 저 여자의 말을 어떻게 믿을 수 있느냐고 고모들은 고래고래 소리를 질렀다. 아버지는 말없이 고개를 숙이고만 있었다.

소란이 지나간 뒤, 정적이 찾아왔다. 손님들은 모두 돌아갔고, 장례식은 끝이 났다. 결국 아버지와 고모들

forth between the kitchen and living room carrying the dishes and cleaned up the tables when people left. There weren't so many people coming to pay their respects that it was not all that difficult to hold the wake at home. The funeral was quiet and ordinary; my aunts let out an occasional sob, but soon regained their composure. I couldn't figure out why, but I felt anxious the entire time.

On the third day of the wake, it started to rain all of a sudden. Over the course of the day, I broke several dishes, so that my aunts scolded me and told me to go rest. I took off my apron and was about to go upstairs when someone approached me. It was Ms. L.A. Kim, Grandma's friend from store. With her was a smaller woman dressed in a black poncho. Her curly black hair, which was wet and reached down to her waist, caught my attention. The next moment, my eyes met hers and I inhaled sharply: her face looked so like Grandma's. Danielle was her name.

She couldn't speak any Korean. She said she was forty-five, but looked much younger because of her high-pitched voice and smiling face. My father and aunts looked as though they'd seen a ghost. Danielle said she'd come on receiving a copy of

은 날이 밝는 대로 변호사와 이 문제를 상의하기로 합의했다. 그때까지 다니엘은 나와 함께 지내기로 했다. 내가 자원한 일이었다. 집을 떠나기 전, 아버지는 내게 '저 여자를 잘 지키라'고 말했다.

"커피를 좀 마실 수 있을까요?"

모두 떠나고 우리 둘만 남았을 때, 다니엘은 간청하듯 내게 물었다.

"네, 그럼요."

나는 부엌으로 가서 찬장을 뒤져, 커피 봉지를 찾았다. 그라인더에 원두를 갈고, 끓인 물을 내리는 동안 침묵이 맴돌았다. 다니엘은 호기심이 담긴 눈으로 주변을 둘러보고 있었다.

"오늘, 아버지와 고모들이 너무 무례했지요."

나는 더듬거리는 영어로 뒤늦게 사과했다.

"오늘 밤은 제 방을 쓰시는 게 좋을 거예요. 내일 손님 방을 치워드릴게요."

"고마워요."

그녀는 미소 지으며, 내가 건네는 커피잔을 받았다.

"하지만 곧 돌아가야 해요. 할로윈이라서요."

Grandma's will.

Grandma had given birth to Danielle out of wedlock forty-five years ago. Because she was a love child, Grandma had sent her to the United States immediately after she was born and never sought her out. Near her death, though, Grandma had contacted the adoption agency and sent her last words to the address the agency gave her. That was the reason why the funeral had been delayed for fifteen days. It was Ms. L.A. Kim who explained everything. She was also the person who persuaded Danielle to travel to Korea.

"What if she's a crook?" "How do we believe her?" My aunts cried out, while Father drooped his head and stayed quiet.

After the commotion had died down, silence ruled. All the visitors were gone and the funeral was over. In the end, my father and aunts decided to discuss the matter with a lawyer. Danielle was supposed to stay with me, since I'd volunteered to put her up. Before he left the house, though, my father said: "Watch that woman."

"Could I have some coffee?" Danielle asked me, pleadingly, after everyone had left.

"할로윈이라고요?"

"죽은 자들의 날이요."

다니엘은 부드러운 목소리로 그렇게 덧붙였다.

"한 해 중 영매들이 제일 바쁜 날이죠. 늦어도 내일 저녁에는 떠나야 해요."

다니엘은 LA에서 사이킥 하우스를 운영하고 있었다. 미국식 점집 같은 곳인데, 할로윈에는 자리를 비울 수가 없다고 했다. 그녀는 점성술과 타로 카드 마스터였다. 어딘지 장난스럽고 신비스러운 분위기가 그 때문이었다.

다니엘은 이미 한국에 와본 적이 있다고 했다. 이십 대 대학시절, 입양기관을 통해 할머니를 찾기 위하여 왔던 것이다. 하지만 생모에 대한 기록은 어디에도 남아 있지 않았다. 생모 측이 원치 않았던 것인지, 기관 측의 실수인지 그녀로서는 알 수 없었다. 그녀는 자신이 어머니를 찾고 있다는 소식과 함께 상세한 신상명세서를 남겨두고 미국으로 돌아갔다. 하지만 아무리 기다려도 그녀를 찾는 사람은 없었다.

이후 그녀는 대학을 그만두고 여행을 다니기 시작했다. 길에서 먹고 자며, 별과 카드 읽는 법을 배웠다. 사

"Yes, of course."

I looked in the kitchen cupboards for a bag of coffee beans. While I ground the beans and waited for the coffee to brew, silence enveloped the two of us. Danielle was looking around the house, her eyes full of curiosity.

"I'm sorry my father and aunts were so rude today," I apologized, a little too late, in stammering English. "You can sleep in my room tonight. I'll clean up the guest room for you tomorrow."

"Thank you," Danielle smiled as she took the cup of coffee that I handed her. "But I have to head home soon. because it's Halloween."

"Halloween?"

"The day of the dead," she said in a velvety voice. "It's the busiest day of the year for psychics. I have to leave tomorrow evening at the latest."

It turned out that Danielle ran a psychic house in Los Angeles. It was similar to a fortune-teller's house in Korea, and she said she couldn't be away on that holiday. Her specialties were astrology and tarot reading. That explained the mischievous and mysterious air about her that I'd sensed.

She said she'd been to Korea before. In her twenties, while she was in college, she'd tried to

람들이 찾아오면 그들의 과거를 헤아리고, 미래를 점쳐 주었다. 하지만 그녀 자신의 어머니만큼은 그 희미한 윤곽도 찾을 수 없었다. 마침내 포기했다고 믿었을 때, 연락이 왔다. 어머니가 죽었다는 소식이었다.

"나는 이곳에 오고 싶지 않았어요. 그렇다고 오지 않을 수도 없었지요. 할 수 없이 마지막에 카드를 뽑아보았어요. 황제와 검, 기사 카드가 나를 이곳으로 보내줬지요."

나는 그녀를 2층의 내 방으로 안내했다. 다니엘은 방에 들어서자마자 가방에서 긴 초를 꺼내더니, 불을 붙였다. 그 불에 뭔가를 태웠다. 나는 호기심 어린 시선으로 그녀를 바라보았다.

"개양귀비 꽃잎이에요. 편안한 꿈을 꾸게 해주죠."

그녀는 손바닥 위에 올려놓은 붉은색 말린 꽃잎을 내게 보여주었다. 건초와 오렌지의 향기가 났다.

2층에서 내려온 나는 할머니 방에 자리를 펴고 누웠다. 창밖의 빗소리가 그치지 않았다. 천둥이 치는 밤이면, 나는 종종 베개를 들고 할머니의 방에 왔다. 늘어진 면 티셔츠를 입은 할머니는 말없이 자신의 자리를 내주었고, 내가 잠들 때까지 큰 손으로 얼굴을 쓸어주었다.

find Grandma through an adoption agency; but she couldn't locate any record of her birth mother. She didn't know whether it was because the mother didn't want to leave any information or whether it was a mistake on the agency's part. Before she returned to the U.S., Danielle had left detailed information about herself and a note that she was looking for her mother. She waited for years, but no one contacted her.

Afterward, she'd dropped out of college and started traveling, eating and sleeping on the streets and learning how to read the stars and tarot cards. Now, when people came to her, she read their pasts and told them their futures. Yet she couldn't find even a faint silhouette of her mother. When she'd finally given up, she heard the news of the death of her mother.

"I didn't want to come here—but I couldn't *not* come. So, in the end, I read the cards... the Emperor, the Swords, and the Knight sent me here."

I showed her to my room on the second floor. As soon as she stepped into it, she took out a tall candle and lit it. Then she burned something in the flame. Full of curiosity, I looked at what she was doing.

할머니는 늘 평온해 보였다. 굳은살이 박인 손바닥과 늘어진 티셔츠의 맨들맨들한 감촉처럼 모든 게 단순해 보였다. 남을 속이기란 얼마나 쉬운가. 또 스스로 속기란 얼마나 쉬운가.

　다음 날 아침, 나는 오랜만에 밥을 지었다. 국을 끓이고, 나물을 무쳐 상을 차렸다. 어쩐지 그래야 할 것 같았다. 다니엘은 음식을 조금씩 전부 다 먹어보았지만, 밥공기를 반도 비우지 못했다. 식사 후, 할머니 가게에 같이 가보겠느냐고 묻자 그녀는 금세 반색했다.

　다니엘과 함께 가게에 갔을 때, 미애는 벌써 아기를 데리고 나와 있었다. 다니엘은 아기를 돌보는 데 무척이나 능숙했다. 그녀는 형제가 열셋이나 된다고 했다. 전부 다 입양된 형제들이었다. 집 안에는 늘 사람들이 바글바글해서, 조용히 혼자 있는 것이 유일한 꿈이었다. 다락방 구석에 숨어 있어도 곧 누군가 문을 발칵 열었다.

　"우리 집은 늘 조용했어요. 할머니와 나, 둘뿐이었거든요."

　"어머니와 딸 같았겠군요."

"These are poppy petals. It helps you to dream well."

She opened her palm and showed me the dried red petals. There were also faint traces of hay and a fragrance of oranges.

I came downstairs, opened some blankets in Grandma's room, and lay down. The rain continued outside. In the past, when the thunder had roared, I'd often slept next to Grandma in her room. Wearing a stretched-out cotton shirt, she made a space for me and gently stroked my face with her large hand until I fell asleep. Grandma always seemed to be at peace. Everything about her seemed simple, like the smooth texture of her stretched-out night shirt and her calloused palms... How easy it is to fool people. And how easy it is to be fooled.

The next morning, I cooked rice for the first time in a long time. I also made soup and mixed blanched herbs and vegetables with seasoning and set the table. For some reason, I felt obliged to do so. Danielle tasted all the side dishes, but couldn't finish even half of the rice. Afterward, when I asked if she'd like to accompany me to Grandma's store, her face lit up.

나는 가볍게 고개를 끄덕였지만, 사실은 달랐다. 할머니와 나, 우리 둘 사이에는 일정한 거리가 있었다. 어머니와 딸 사이였다면 거침없이 침범하고 넘어섰을 어떤 부분이 늘 남겨져 있었다. 우리는 서로에게 전부 다 말하려 하지 않았고, 서로를 전부 다 이해하려 하지 않았다. 의심할 바 없는 애정을 받았지만, 때로는 한 발도 다가설 수 없었다. 외롭지만 호젓한 가을밤과 같은 나날이었다.

가게에 남은 옷들은 이제 몇 점 되지 않아 행거에 드문드문 걸려 있는 정도였다. 다니엘은 흥미롭다는 듯 그 옷을 살펴보더니 붉은색의 빛바랜 블라우스를 골라 입었다. 자루처럼 커다란 옷인데도 의외로 잘 어울렸다. 선물로 주겠다고 했더니, 그녀는 아이처럼 기뻐했다.

나는 미애에게 가게를 부탁하고, 다니엘과 함께 밖으로 나왔다. 근처 식당에서 점심을 먹고, 공원 산책을 했다. 아버지는 그때까지 아무 연락이 없었다. 유산상속에 대한 법적인 문제를 확실히 하기 위해 혈안이 되어 있을 거라고 나는 생각했다. 정작 다니엘은 태평하게 나를 쫓으며, 주변의 풍경을 눈에 담고 있었다.

한낮의 공원은 텅 비어 있었다. 아치 모양의 다리 위

When I arrived at the store with Danielle, Miae was already there with her baby. Danielle was extremely good at babysitting. She said she had thirteen siblings and they'd all been adopted. Her childhood home was always so crowded that her only dream was to be alone in a quiet place. Even when she hid in the attic, someone came up and opened the door.

"It was always quiet in my house. It was just me and Grandma," I told her.

"Like mother and daughter," she responded.

I nodded lightly. But that wasn't really true. There had been a certain distance between us—an unspoken line that a mother and daughter would have crossed and intruded on. We didn't try to tell each other everything or understand each other completely. Certainly, I received unquestioned love, but at times I couldn't take a step toward her. Those days were like a peaceful yet lonesome autumn night.

There weren't many clothes left in the store. Only a few hung on the hangers, here and there. Intrigued, Danielle looked around and tried on a faded red blouse. It hung like a sack on her small frame, but still she looked nice in it. When I told

에도, 배드민턴 코트 위에도, 벤치 위에도 노란 낙엽이 떨어져 있었다. 다니엘은 낙엽을 주우며 길을 걸었다. 숲으로 이어지는 밤나무 길은 할머니도 좋아하는 산책 코스였다. 사방이 고요로 가득해서 새소리, 바람에 나뭇잎이 사각거리는 소리까지 들렸다. 그 길 끝에 작은 성당이 있었다.

어렸을 때 종종 할머니를 따라 이 성당에 온 적이 있다. 할머니는 새하얀 미사포를 쓰고, 신부님에게 납작한 과자 같은 것을 받아먹었다. 할머니는 너무 연약하고, 작아 보였다. 낯선 그 모습이 아름답기도 했고, 두렵기도 했다. 제단의 바로 뒤에는 돌로 깎은 성모자상이 있었다. 할머니는 그 앞에서 무릎을 꿇고, 머리를 깊이 숙였다. 입술을 땅에 가까이 대고, 연신 기도문을 중얼거렸다. 용서를, 용서를, 용서를, 용서를. 내가 알아들을 수 있는 것은 겨우 그런 소리였다. 그것이 기도의 전부일 수도 있다는 것을 그때 나는 몰랐다.

나는 다니엘과 함께 성당의 문을 열고 들어갔다. 기도 중인 수녀 둘이 있었다. 그들은 벌컥 문을 열고 들어온 우리를 비난하듯 한번 돌아보더니, 다시 기도에 열중했다. 성모자상은 아직도 그 자리에 있었다. 죽은 예수를

her she could have it as a gift, she became child-like with joy.

I asked Miae to look after the store and left with Danielle. We went to a nearby restaurant for lunch and then took a walk in a park. I had not heard a word from my father. I assumed that he was desperately trying to straighten out the legalities with Grandma's inheritance. Yet Danielle was following me around, seemingly without a care in the world, taking in the surroundings and scenery.

The park was completely empty except for us. Fallen yellow leaves were scattered on an arched bridge, a badminton court, and benches. Danielle picked up some of the leaves as we walked. Grandma had also liked taking walks on this path, lined with chestnut trees, which led into a forest. It was quiet enough that we could hear the birds chirping and the leaves rustling in the wind. At the end of the path we arrived at a small church.

When I was young, I used to visit this church with Grandma. Inside, she would wear a white veil and eat what looked like a flat biscuit the priest gave her. She'd looked so frail, so small, an unfamiliar person who was beautiful, yet also frightening to me. Immediately behind the altar was a stone stat-

품에 안은 마리아의 몸. 다니엘이 그 앞으로 천천히 다가갔다. 나는 그녀를 방해하지 않으려고 뒤편의 의자에 앉았다. 오래전, 할머니를 기다리던 그때처럼. 성당 안의 공기는 따뜻하고 건조했다. 스테인드글라스를 통해 반사된 색색의 빛이 허공에서 프리즘처럼 번졌다.

잠시 후, 다니엘이 내게 다가왔다.

"괜찮아요?"

그녀가 내게 물었다. 내가 울고 있다는 것을 그제야 깨달았다. 눈물이 무릎 위로 툭툭 떨어지고 있었다. 도저히 그칠 수가 없었다. 속수무책이었다.

집에 돌아와서, 나는 얼마 안 되는 할머니의 사진을 꺼내 다니엘에게 보여주었다. 어린 나를 안고 있는 오십 대의 할머니, 막내 고모의 결혼식에서 한복을 입고 긴장한 얼굴로 이쪽을 보고 있는 할머니, 가게에서 미애와 같이 웃고 있는 할머니. 능숙지 않은 언어로 사진 속의 순간들을 설명하기는 쉽지 않았다. 말해질 수 있는 것과 말해질 수 없는 것 사이에서 우리는 적당히 타협했다. 다니엘은 할머니의 경대에 있는 로션과 크림의 뚜껑을 열어 냄새를 맡아보고, 할머니의 신발과 모자와

ue of Mary and Jesus. Grandma would kneel in front of it and bow her head. With her lips almost touching the floor, she would mumble prayers. *Forgive me, forgive me, forgive me, forgive me.* That was about all I was able to make out. I didn't know at that time that those two words could be an entire prayer.

I opened the door to the church and we went in. Two nuns were in the middle of their prayers. They turned to look at us, as if to berate us for bursting open the door and walking in, but then went back to praying. The statue of Mary and Jesus was still there: Mary holding the dead Jesus in her arms. Danielle walked slowly toward the statue. I sat in the back pew, so as not to disturb her, like I used to with Grandma. The air inside the church was warm and dry. Beams of light shone through the stained glass windows and shimmered in the air, creating a rainbow of colors, like from a prism.

After a moment, Danielle approached me.

"Are you okay?" she asked.

Only then I realized I was crying. Drop by drop, tears were falling into my lap. I couldn't stop. I wept helplessly.

When we got back home, I took out the few pic-

가방을 직접 손으로 만져보았다. 그리고 시간이 되었을 때, 아쉬움 없이 손을 놓고 돌아섰다. 할머니의 유품 중 기념이 될 만한 것을 골라보라는 말에도 고개를 저었다. 나는 그녀가 이별하기 위해 이곳에 왔다는 사실을 그제야 깨달았다.

집을 떠나기 전, 다니엘은 카드로 나의 운세를 봐주겠다고 했다. 그녀는 식탁 위에 부드러운 천을 깔고, 가방에서 낡은 가죽 주머니를 꺼냈다. 그 안에 흑백 타로 카드가 들어 있었다. 그녀는 능숙하게 카드를 다루었다. 손 안에서 새가 날갯짓하는 것 같았다. 테이블 위에 카드가 부채처럼 펼쳐졌다.

"왼손으로 카드 세 장을 뽑아요."

내가 카드를 뽑자, 다니엘이 그것을 차례로 뒤집었다. 바보, 매달린 남자, 여덟 개의 컵. 나는 어리둥절한 표정으로 웃었다.

"당신은 지금 벼랑 끝에 서 있어요. 어리석은 판단을 했군요. 돈을 탕진했고, 신경이 날카로워져 있어요. 현실적으로 아무것도 할 수 없는 정체된 상태예요. 다행인 건 당신의 무의식이 아직 자유롭다는 거예요. 그러니 곧 새로운 목표를 찾아갈 거예요. 단, 자기 자신을 버

tures of Grandma I had and showed them to Danielle. Grandma in her fifties, holding me in her arms. Grandma wearing *hanbok* at my younger aunt's wedding, looking tense as she stared into the camera. Grandma, laughing with Miae at the store. It wasn't easy to explain the moments captured on the photographs in a language I wasn't good at speaking. Between the things that could be said and that couldn't be said, we reached a certain compromise. Danielle took off the caps on the lotions and creams on Grandma's vanity table and smelled them. She touched Grandma's shoes and bags. Then she released them and turned around without a look of regret. I told her to take something of Grandma's as a remembrance, but she shook her head. That was when I realized she was here to say goodbye.

Before she left, Danielle said she would like to read my future for me. She laid a soft cloth on the kitchen table and took an old leather pouch out of her bag. She then took a black-and-white deck of tarot cards out of the pouch, and deftly shuffled them. It almost looked like a bird was fluttering its wings in her hands. She fanned the cards on the table.

려야 해요. 여덟 개의 컵은 당신이 애착과 희망을 가지고 채운 것들이죠. 그것들을 땅에 쏟아버려야 해요. 그전엔 아무 변화가 일어나지 않을 거예요."

다니엘은 컵을 거꾸로 드는 흉내를 냈다. 나는 허공을 움켜쥔 그녀의 손을 바라보았다. 마르고, 강인한 손이었다. 할머니와 닮은, 언제나 내가 갖고 싶었던 손.

잠시 후, LA 김 할머니가 다니엘을 공항까지 바래다주기 위해 집으로 왔다. 다니엘은 가게에서 가져온 붉은 블라우스를 입고 집을 떠났다. 할로윈 내내 그 옷을 입고 있을 거라고 했다.

"친절하게 대해줘서 고마워요."

다니엘은 차에 오르기 전 내게 말했다.

"와보기를 잘했다는 생각이 들어요, 정말로."

그녀는 내게 작은 봉투를 내밀었다. 그 안에 말린 개양귀비 꽃이 있었다.

"그분들에게 전해주세요. 저는 아무것도 원하지 않는다고요."

그녀가 아버지와 고모들에게 남긴 말은 그것뿐이었다.

다니엘이 탄 차가 떠나고, 나는 홀로 집에 들어왔다.

"Pick three cards with your left hand."

When I did, Danielle flipped them over in order: The Fool, Hanged Man, and Eight of Cups. I smiled in bewilderment.

"You are standing at the edge of a cliff. You made a foolish decision. You spent all your money, and now you are overwrought with anxiety. In reality, you are frozen in place and you can't do anything. Fortunately, your subconscious is still free. So you'll be able to find a new goal. But you have to relinquish yourself. These eight cups contain the things that you've loved and hoped for. You must pour them out and empty these cups. Until you do that, nothing will change."

Danielle mimed turning a cup upside down. I looked at her hand as she held up the imaginary cup. Her hand was slender yet strong, like Grandma's... the kind of hand I'd always wanted to have.

A little while later, Ms. L.A. Kim came to the house to give Danielle a ride to the airport. Danielle left wearing the red blouse I'd given her at the store. She said she'd wear it all day on Halloween.

"Thank you for being so kind to me," she said before getting into the car. "I'm glad that I came, really."

초를 밝히고, 꽃잎을 태워보았다. 허공으로 날려 흩어지는 연기를 보다가, 어떤 소리를 들었다. 그것은 나의 목소리였다. 군에게 가보자. 그가 사는 동네라면 눈을 감고도 찾아갈 수 있었다. 우리는 제대로 된 이야기도 하지 못하고 헤어졌다. 나는 그에게 들어야 할 이야기가 있었다. 왜 그런 식으로 나를 떠났는지. 미안하다는 말 한마디, 따뜻한 포옹 한 번 없이 그렇게 도망치듯 사라져버렸는지.

나는 그대로 집을 나서서 정류장으로 달려갔다. 버스를 타고, 내려, 익숙한 길을 따라 걷기 시작했다. 전에는 차로 빠르게 스쳐 지나갔던 길을 한 걸음씩 걸어갔다. 좁은 오르막길 끝에 군이 사는 빌라가 나타났다. 빌라 2층에 있는 그의 집은 거실과 방이 전부 환하게 불을 밝히고 있었다. 나는 그 집의 창문이 올려다보이는 놀이터 벤치에 앉았다. 차로 다닐 때는 한 번도 보지 못했던 놀이터였다. 놀이터에는 아이들이 없었다. 페인트칠이 벗겨진 그네와 미끄럼틀을 바라보다가 문득 그의 아이도 이곳에서 뛰어놀 거라는 생각을 했다.

나는 그의 아이가 몇 살인지, 딸인지 아들인지도 알지 못했다. 내가 묻지도 않았고, 그가 이야기하지도 않았

Then she gave me a small envelope. There were dried poppy petals inside.

"Please give them this message for me: I don't want anything." Those were the only words she left for my father and aunts.

After the car drove off, I walked into the house alone. I lit a candle and burned the petals. Watching the smoke scatter into the air, I heard something: it was my own voice. *Let's go see Gun.* I could find the neighborhood he lived in with my eyes closed. We didn't even talk before we broke up. There were things I had to hear from him: why he ran away and disappeared without even an apology, or a warm embrace.

I left the house right away and ran to the bus stop. I got on the bus, got off, and started walking down a familiar road. I walked slowly, step by step, along the road that I used to drive by in a flash. At the end of that narrow, uphill road, Gun's apartment building emerged. Both the living room and bedroom in his apartment on the second floor were brightly lit. I sat on a bench in a playground, from where I could see the windows. I'd never noticed the playground when I used to drive to his

다. 아내에 대해서도 마찬가지였다. 당시에 나는 그들이 중요하지 않다고 생각했다. 아예 없는 존재처럼 여겼다. 하지만 돌이켜보면 그건 정말 이상한 일이었다. 도처에 그들의 그림자가 드리워져 있었는데, 나는 그 위를 밟고 서 있으면서도 이것이 무엇인지 한 번도 의심해보지 않았던 것이다.

시간이 얼마쯤 지났을까. 낡고 오래된 빌라의 열린 창문으로 뉴스를 전하는 앵커의 목소리, 아기 울음소리, 다투는 젊은 부부의 목소리가 새어 나왔다. 언덕을 올라오는 군을 발견한 것은 바로 그때였다. 군은 고개를 푹 숙이고 땅을 보면서 터덜터덜 걸어오고 있었다. 전보다 마른 몸, 두 팔을 주머니에 넣고 흔들흔들 걷는 걸음걸이가 아프게 눈에 들어왔다. 놀이터 근처까지 다가왔을 때, 그는 어떤 소리를 들은 것처럼 고개를 들더니, 정확히 벤치 앞에서 시선을 멈추었다.

나는 조용히 그를 바라보았다. 우리의 시선이 허공에서 마주쳤다. 5초, 아니 10초—서로를 알아보고, 다가서고, 손을 내밀기에는 충분한 시간이었다. 하지만 우리는 둘 다 꼼짝하지 않았다. 군의 표정은 기묘했는데, 나는 그것이 무슨 뜻인지 이해할 수 없었다. 다음 순간,

apartment. There weren't any children in the playground. I sat staring at the swings and slides, with their chipping paint, and suddenly thought that his child might play in this playground.

I didn't know how old his child was or whether it was a girl or a boy. I'd never asked and he'd never told me. It was the same unknowing about his wife. At the time, I thought they were not important... I treated them as if they didn't exist. Now that seemed so strange. Their shadows were cast everywhere in our relationship, and I was standing on their shadows, yet I never even wondered about them.

I didn't know how much time had passed; but the sounds of a TV anchor delivering the news, a baby crying, and a young husband and wife arguing escaped through the windows of the apartment building. That was when I noticed Gun plodding up the hill. Staring at the ground, his head drooping, he walked toward me. His body, thinner than before, and his swaying gait, with his hands in his pockets, filled my eyes with pain. When he approached the playground, he looked up, as if he'd heard something, and his eyes rested on the

그는 내게서 고개를 돌렸다. 나를 지나쳐 천천히 빌라 출입구로 들어갔다. 계단을 올라가는 그의 질질 끌리는 발소리, 현관문 소리가 들렸다. 2층 복도에서 센서등이 반짝, 불을 밝혔다.

군을 따라 그의 집으로 올라갈 필요는 없었다. 벨을 누르고, 문을 두드릴 필요도 없었다. 그러기엔 너무 늦었다는 것을 나는 깨달았다. 그에게 나는 이미 죽은 자였다. 지난 과거의 망령이었다. 나를 보는 그의 눈에 두려움이 들어 있었다. 한 차례 바람이 불자, 그네가 저 혼자 흔들렸다. 이내 사위가 고요해졌다. 나는 조금 더 벤치에 앉아 있다가 자리에서 일어났다. 버스 정류장까지는 하염없는 내리막길이었다. 집에 돌아온 나는 옷도 벗지 않고 침대에 누워 잠이 들었다.

새벽에 무겁게 짓눌리는 느낌에 잠에서 깼다. 뜨겁고 축축한 뭔가가 목을 간질였다. 나는 몸부림치며 자리에서 일어났다. 머리칼이 땀에 흠뻑 젖어 있었다. 몸 상태가 심상치 않았다. 나는 침대에서 내려와 무릎으로 바닥을 기어갔다. 책상 서랍 속에 다행히 약통이 그대로 있었다. 해열제와 진통제를 먹고 겨우 다시 자리에 누

bench.

Silently I looked at him. Our gazes met... Five seconds, or maybe ten—enough time for us to have recognized each other, approached one another, and extended our hands to each other. But neither of us moved. Gun had a strange expression on his face that I couldn't interpret. The next moment, he turned his head away, and walked past me into the entrance of the building. I heard the sound of his dragging footsteps as he walked up the stairs, then the front door opening. The automatic light in the second floor hallway was switched on.

I didn't need to follow Gun to his apartment. There was no need for me to press the bell or bang on the door. I realized that it was too late for any of that. To him, I was dead. I was a ghost from the past. When he looked at me, his eyes had been full of fear. The wind blew and the swings swayed. Soon everything went silent. I sat for a little longer on the bench and then got up. The path to the bus stop was an endless downward slope. Immediately upon returning home, I went to bed without even changing my clothes, and fell asleep.

웠을 때, 어디선가 달그락거리는 소리가 들렸다. 부엌에서 들리는 소리였다. 할머니라는 생각이 들었다. 창으로 비치는 새벽의 푸르스름한 기운을 본 순간 알아차렸다. 얼른 일어나 나가봐야지 생각하면서도 몸을 꼼짝할 수 없었다.

할머니는 매일 밤마다 물건 구입을 위해 도매 시장에 갔다. 잠결에도 할머니가 집을 나가는 기척을 느낄 수 있었다. 나는 할머니가 돌아오지 않을까 봐 두려웠다. 집에 홀로 남은 것을 마주하기 싫어 눈을 꽉 감았다. 온몸을 작게 웅크린 채로 잠에 매달려 있으면, 어느 순간 달그락거리는 소리가 귓가에 스며들었다. 할머니가 돌아왔다는 소리였다. 할머니는 집에 돌아오자마자, 내게 먹일 밥을 지었다. 가끔 시장에서 파는 충무김밥을 사오기도 했다. 투명한 일회용 도시락에 담긴 김밥은 아직 온기가 가시지 않아 입안에서 보드랍게 녹았다. 나는 잠옷 바람으로 할머니 앞에 앉아 그것을 먹고 또 먹었다. 할머니의 옷에는 새벽의 파르스름한 공기가 묻어 있었다. 칼날 같은 그 공기를 나는 기억하고 있었다.

다음 날 아침, 나는 부동산에서 연락을 받았다. 낭랑

In the early morning, I woke up, feeling something pressing down on me: something hot and moist tickled my throat. I struggled to sit up. My hair was soaked with sweat. I didn't feel well. I got down from the bed and crawled to my desk. Thankfully, there was a medicine box in its drawer. When I finally got back into bed, after taking a painkiller and a fever reducer, I heard a rattling and clattering. It was coming from the kitchen. I felt that it was Grandma. I knew it the moment I noticed the bluish dawn light coming through the window. I kept thinking that I should get up and go see her, but I couldn't move...

Every night, Grandma had gone to the wholesale market to purchase goods to resell. Even in my sleep, I would sense her heading out. And I was afraid that she might not return home. I didn't want to face the fact that I was alone at home, so I closed my eyes tightly. As I hung onto sleep, my body curled up, the sound of pots and dishes clattering flowed into my ears: Grandma had returned. As soon as she was back, she would cook rice for my breakfast. Sometimes, she brought *Chungmu kimbap* from the market. The warm rolls of *kimbap* in a transparent disposable container would melt gently

71

한 목소리의 여자가 내게 권리금을 얼마쯤으로 생각하고 있느냐고 물었다. 무슨 소리냐고 되묻자, 여자는 가게를 팔 게 아니냐고 했다.

"내가 잘해드릴 테니 다른 데는 매물 내놓지 말아요."

전화를 끊고, 나는 곧장 가게로 향했다. 자물쇠를 풀고, 셔터를 올리고, 위태롭게 서 있는 마네킹을 요령 있게 피해서, 불을 켰다. 물건이 다 빠지고, 행거마저 치워둔 탓에 텅 빈 가게의 풍경이 한눈에 들어왔다. 가게 내부가 생각보다 크다는 것에 나는 놀랐다. 그때, 형광등이 깜빡거리다가 팟, 소리와 함께 꺼져버렸다. 나는 잠시 그 어둠 속에 머물러 있었다. 거대한 물고기의 입속에 들어와 있는 것 같았다. 나는 미애에게 전화를 걸었다.

미애의 집은 가게에서 무척 가까웠다. 수십 호 원룸이 다닥다닥 붙어 있는 상가 건물이었다. 문을 두드리자, 아기를 업은 미애가 얼굴을 내밀었다.

"무슨 일이에요? 갑자기 온다고 해서 집을 치우지도 못했어요."

미애는 허겁지겁 바닥에 늘어진 아기 장난감들을 치우며 말했다. 좁고 어두운 방. 그 한쪽에는 부업 자재가 박스째로 쌓여 있었다. 미애는 냉장고에서 사과를 두

in my mouth. In my pajamas, I would sit across from Grandma and eat the *kimbap* one by one. Grandma's clothes were tinted with the bluish air of dawn. I remembered the air as sharp as a knife.

The next morning, I received a call from a real-estate agent. A woman with a sing-songy voice asked how much I had in mind for a premium.

When I asked what she meant, she went on: "Aren't you going to sell the store? I'll give you a deal—so don't call other agents!"

I hung up and headed to the store right away. I undid the lock, hoisted up the shutters, walked carefully past the slouched mannequin, and turned on the light. Since we'd gotten rid of the clothes, and even the hangers, I could take in the whole of the place in a glance. I was surprised at how much bigger the space seemed now. At that moment, the light went out with a pop. I remained in the darkness for a while, feeling like I was inside the mouth of a huge fish. Then I called Miae.

Miae's apartment was located, close to the store, in a commercial building with dozens of studio apartments. When I knocked on the door, she stuck out her head, carrying the baby on her back.

개 꺼내 왔다. 아기가 동그란 눈으로 나를 바라보았다.
미애는 사과를 깎아서 내 앞의 접시에 나란히 놓았다.

"할머니 말이야. 어째서 다니엘을 내내 찾지 않다가,
장례식에 부른 걸까."

나는 사과를 먹으며 미애에게 물었다.

"죽음이 끝이 아니라서겠죠."

미애는 담담한 목소리로 말했다. 나는 사각사각, 소리
를 내며 사과를 먹었다. 한동안 방 안에 침묵이 맴돌았다.

"혹시 할머니 따라서 새벽 도매 시장에 가본 적 있
어?"

나는 미애에게 물었다. 미애는 의아한 표정으로 고개
를 끄덕였다. 나는 나를 그곳에 한번 데려가 달라고 부
탁했다. 미애가 거절하지 않으리라는 것을 나는 알고
있었다.

다음 날 이른 새벽, 미애의 남편 우식의 배달용 승합
차가 집 앞으로 나를 데리러 왔다. 미애와 아기가 우식
의 옆자리에 앉았고, 나는 그들의 뒷자리에 앉았다. 식
료품 배달일을 하는 우식은 키가 작지만 다부진 몸에
얼굴이 까맣게 그을려 꼭 운동선수처럼 보였다. 그는

"What's going on? I didn't even have a chance to clean up because you said you were coming right away," she said, as she picked up toys lying around. It was a small and dark room; on the one side, I noticed boxes of materials for her other job. Miae took two apples out of the refrigerator. The baby stared at me with round eyes. Miae peeled and sliced the apples and placed them neatly on the plate in front of me.

"You know, my grandmother... Why do you think she finally called Danielle before her funeral?" I asked Miae, while eating an apple slice. "I mean, she hadn't looked for her all this time."

"Perhaps because death isn't the end," said Miae in a calm voice. I munched on the apple. Silence hung in the room for a time.

"Did you ever go with Grandma to the wholesale market in the early morning?" I asked. Miae nodded with a quizzical look. I asked her to take me there, knowing that she would not refuse.

Early the next morning, Miae and her husband, Woosik, picked me up in a delivery van. Miae and her baby sat in the front passenger seat and I got in the back. Woosik, who delivered food and bev-

무척이나 붙임성이 좋았다. 손과 발을 빠르게 놀렸고, 무엇보다 말이 많았다. 마른오징어를 하나 물고 운전을 하면서 끝도 없이 떠들어댔다.

"대출 하나 없는 번듯한 점포가 하늘에서 떨어지다니. 얼마나 좋으시겠어요. 우리 같은 사람들은 상상도 못할 일이죠."

우식이 백미러로 나를 보며 말했다. 미애는 입을 꾹 다물고 있었다. 차는 무척이나 빠른 속도로 달렸고, 나는 어지럼증을 느꼈다. 시장에 도착하자, 안도감에 무릎이 후들거릴 지경이었다.

미애는 시장 안을 손바닥처럼 꿰고 있었다. 늘어져 잠든 아기를 업고서도 좁은 길을 날쌔게 헤치고 다녔다. 노인들의 옷을 취급하는 블록에 이르자, 할머니와 수십 년 거래를 해온 상인들이 미애를 알아보고 인사를 건넸다.

시장 안은 대낮처럼 환했다. 노인 외출복이 사방에 걸려 있었다. 과일과 야자수와 꽃의 프린트, 강렬한 원색의 색채가 눈을 찌르며 달려들었다. 그것들은 몸을 드러내기보다는 감추기 위한 옷들이었다. 그 색깔, 그 무늬에는 어떤 원한이 깃든 것 같았다. 그 옷들은 삶이면서 죽음인, 기이한 경계에 있었다. 마치 카니발 같았다.

erages for a living, was short but his sturdy figure and tanned face made him seem like an athlete. He was friendly. He moved his hands and feet quickly, and he was quite talkative. Chewing on dried squid, he chatted as he drove us to the market.

"A store you don't need to pay for or anything— and just dropping out of the sky," said Woosik as he looked at me in the rearview mirror. "You must be so happy. People like us, we can't even imagine something like that happening."

Miae sat with her lips pursed. Woosik was driving fast, and I felt a little dizzy. When we finally arrived at the market, my knees shook in relief.

Miae knew the market like the back of her hand. With the sleeping baby on her back, she swiftly navigated the narrow pathways. When we arrived to the block of shops that sold clothes for the elderly, merchants who had done business with Grandma for decades greeted her.

Inside the market it was as bright as day. The clothes hung everywhere. Fruit, palm, and flower prints and intense primary colors jumped out and pierced my eyes. These were clothes that helped hide rather than show your figure. It felt as though the colors and patterns bore some kind of grudge.

시장 안을 한 바퀴 둘러본 후, 우리는 포장마차에서 우동과 김밥을 먹었다.

"같이 일을 해보지 않겠어?"

나는 미애에게 물었다. 젊은 여자 둘이서 노파들의 옷을 파는 게 이상해 보일지 몰라도 오래된 가게라 실패할 염려가 적을 거라고, 나는 장사에 대해 아무것도 아는 게 없지만 미애가 있으니 한번 해볼 만하다고, 어쨌든 우리 둘 다 일이 필요하지 않느냐고, 살아가기 위해서는 누구에게나 일이 필요한 거라고—긴 이야기를 속사포처럼 내뱉었다. 우식은 처음으로 입을 다물고 있었다. 그는 작은 눈을 반짝이더니, 미애를 흘긋 바라보았다.

"글쎄요, 이런 이야기는 너무 갑작스럽네요. 잠시 저희끼리 상의를 좀 해봐야겠어요."

그들은 종종걸음으로 자리를 떴다. 그것은 필경 쇼였다. 좀 더 자세히는 돈과 관련된 쇼일 것이다. 나는 그 젊은 부부의 친절함과 뻔뻔함, 용의주도한 삶의 자세에 대해 생각했다. 그들이 내게 어떤 요구를 하든지, 나로서는 따라갈 수밖에 없으리라는 것이 분명했다.

당장 필요한 것은 사입품을 실어 나를 자동차, 약간의 가게 수리비, 신상품 구입에 들어갈 자금이었다. P시에

They were caught in a strange boundary between life and death—like a carnival.

We looked around the market and ate udon and *kimbap* in a food stall in the street.

"You want to work with me?" I asked Miae.

It might seem strange for two young women to sell clothes for old women; but since the store has been there for so long, the odds that it would fail were low. I knew nothing about business, but it was worth a shot since Miae did. We both needed a place to work and people need to work to live—I spat all this out in a stream. For the first time since I'd met him, Woosik had his mouth closed. His small eyes sparkled and he snuck a glance at Miae.

"Well, this just seems so sudden. Give us a little time to talk," Miae replied.

They withdrew from the table in quick, short steps, while I stayed and waited for them. I knew it was all for show; and, more specifically, the show was about money. I thought about their kindness, audacity, and careful attitude toward life. It was clear that whatever requests they made, I would have to agree.

First, we would need money for a car to transport goods and a small sum to repair the store and

서의 체류가 조금만 더 길어졌다면 돈이 부족했을 것이다. 테이블 위에는 식어가는 우동과 말라 비틀어진 김밥이 있었다. 나는 그것을 입안에 넣고 천천히 씹었다. 시큼한 부패의 맛이 났다. 나는 김밥을 먹고, 또 먹었다. 순간 구역질이 치밀어 올랐다.

미애와 우식은 좀처럼 돌아오지 않았다. 바닥에 그들이 떨어뜨린 아기 딸랑이가 있었다. 나는 그것을 주워 들어 흔들어보았다. 뜻밖에 아무 소리도 나지 않았다. 어두운 하늘에 조금씩 푸른 기운이 서리더니, 서서히 주위가 밝아졌다. 지금쯤 다니엘도 자신의 집에 도착했을 것이란 생각이 들었다. 붉은 옷을 입고 카드 점을 치는 다니엘이 떠올랐다. 죽은 자들의 날, 할로윈의 아침이었다.

purchase new wares. If I'd stayed in P City longer, I would not have had enough money. The udon was growing cold next to rolls of dried kimbap. I put one roll in my mouth and chewed it slowly. I could taste its sour decay in my mouth. I ate another roll and another and another. Suddenly, I felt a surge of nausea.

It didn't feel like Miae and Woosik were returning soon. They'd dropped a baby rattle on the ground. I picked it up and shook it. Surprisingly, it didn't make a sound. Bluish light began to brighten the dark sky and the surroundings. I thought of Danielle. She'd probably arrived home. I imagined her, wearing the red blouse and reading the tarot cards. It was the morning of Halloween, the day of the dead.

창작노트
Writer's Note

지난해 두 번째 단편집을 묶고 난 후, 나는 더 이상 소설을 쓸 수 없을 것이라는 이상한 생각에 사로잡혔다. 이상한 생각은 이상하다는 것을 알면서도 그 이상함 때문에 점점 더 빠져들게 되는 면이 있다. 그런 생각이 계속되자, 나는 정말로 글을 쓸 수 없게 되었다. 대체 왜 소설을 쓰려고 하는지, 누가 소설을 읽는다는 말인지, 아니 대체 소설이 인생에서 무슨 소용인지 나는 처음으로 대답할 수 없었다. 내 마음속에 극진했던 무언가가, 줄곧 팽팽하게 당겨져 있던 무언가가 한순간 끊어져버린 느낌이었다.

　등단 십 년 차에 나는 네 권의 책을 바듯이 내어 놓았

Last year, after finishing my second book of short stories, I was seized by the strange thought that I would no longer be able to write. Such thoughts have a way of pulling one in with their strangeness, even when we know they are strange. When this thought continued to plague my mind, I was indeed unable to write anymore. For the first time in my life, I couldn't answer basic questions about why I was trying to write, who cares about reading fiction, and what use fiction plays in people's lives. It felt as if something that I'd been devoted to for years, that was bound tautly in my heart, had been severed.

I was in the tenth year of my career as a writer, and had barely managed to publish four books. It

다. 그것은 지금껏 나의 삶에서 유일하게 의미 있는 일이었다. 만약 그 일을 그만둔다면, 나는 전혀 다른 존재가 될 것이었다. 지금보다 더 나빠질 수도, 더 좋아질 수도 있다. 어쨌든 이전의 나는 더 이상 존재하지 않는 것이다. 무력감이 내 삶을 흔들어놓을 지경이 되었을 때야 비로소, 나는 그것이 죽음에 대한 공포라는 것을 깨달았다. 이것이 슬럼프의 일종인지, 시대의 질병인지 판단이 서지 않았다. 주위에 글을 쓰는 동료들도 대개 나와 같은 형국이었다. 드러내놓고 말하지 않을 뿐, 비슷한 공포의 얼굴을 하고 있었다.

그 시기 나는 작업실 맨바닥에 누워 대개의 시간을 보냈다. 이런 상태가 계속되지는 않을 거라고 생각하면서, 점성술과 흑마술에 대한 책들을 읽었다. 책에 실린 뒤틀린 육체의 삽화를 오랫동안 들여다보기도 했다. 왠지 모르지만 당시 나에게는 그런 것들이 필요했던 것 같다. 이상한 생각이란 또 다른 이상한 생각으로 몰아낼 수밖에 없는 것이다. 덕분에「할로윈」을 쓸 수 있었다.

이 소설에 대해서라면, 먼저 할머니 이야기를 해야 할 것 같다. 나는 오랫동안 조부모님과 한집에서 같이 살

was the only meaningful achievement in my life so far. If I gave it up, I would become a completely different being. It might have been a better or worse person than I was—but the individual that I had been would no longer exist. Only when this feeling of helplessness reached the point of up-ending my life did I realize that it was based on my fear of death. Whether it was a kind of writer's block, or a disease of our time, I couldn't tell. My colleagues who were also writers seemed to have found themselves in a similar situation, though. They didn't express it explicitly, but their faces reflected fearfulness.

Around that time, I spent most of my time lying on the floor of my office. While believing that this would pass, I immersed myself in books on astrology and black magic. Sometimes I spent a long time examining illustrations of twisted and distorted bodies. I'm not sure why, but I must have needed that stimulation at the time. Surely, strange thoughts have to be dispelled by other strange thoughts. Thanks to that immersion, I was able to write "Halloween."

Before I get into this story, though, I have to talk about my grandmother. For a long time, I lived in the same house with my grandparents. And my grandmother owned a store that offered clothing

았다. 할머니는 이 소설처럼 노인들의 옷을 파는 가게를 운영해왔다. 시장통에 있는 할머니의 가게는 내게 어떤 원형과도 같은 공간이다. 가게 벽에 매달린 형형색색의 옷들과 그 아래 모여 앉은 허리가 굽은 노파들—그들은 한도 끝도 없이 늘어지게 노닥거리며 시간을 보내곤 했다. 나는 그들의 축 처진 젖은 눈과 주름이 깊게 파인 마른 손을 좋아했다. 낡은 가방 속에 들어 있는 모시떡, 계피맛 사탕, 어딘지 쿰쿰한 냄새가 나는 오래된 손수건들도. 할머니는 가족들이 가게에 나타나는 걸 진저리치게 싫어했다. 아마 돈벌이를 하는 곳이라는 이유 때문이었을 것이다. 할머니는 한때 근방에서 수완이 제일 좋다는 소리를 듣기도 했지만, 그 사실을 한 번도 자랑스럽게 여기지 않았다. 어쨌든 다 지나간 일이다. 지금은 아무도 재래시장에서 옷을 사 입지 않는다. 가게가 적자로 돌아선 지 오래되었지만, 할머니는 아직도 그 자리를 지키고 있다. 한창때 가게를 가득 메웠던 손님들은 죽음으로 떠나가고, 이제 몇 남지 않은 사람들이 멀고 가까운 곳에서 할머니를 만나러 온다. 할머니는 종종 돈 대신 음식을 받고, 내게 전화해서 그런 이야기를 즐겁게 늘어놓는다. 할머니는 강인한 영혼을 가진

for the elderly. Located in the middle of a market, the store was an archetypal space to me. There were the colorful clothes hanging on the walls and the old women with their arched backs sitting underneath them. These women spent their time chatting endlessly. I liked their drooping, watery eyes and lean hands with deep wrinkles, as well as the ramie rice cakes, cinnamon candies, and old handkerchiefs with a musty smell they carried in their bags. My grandmother hated anyone from the family showing up at the store, perhaps because it was a place of her work. She was once known in the neighborhood for her knack for business, yet she was never been proud of it.

In any case, these are all stories of the past. People no longer purchase clothing from traditional markets. Although my grandmother's store has been losing money for a while, she still keeps her place at the market. The customers who once crowded into her store have passed away; only a few who remain come from near and far to see her. Frequently now, she accepts food instead of money and calls me to talk merrily about the customers. My grandmother is a tough soul; she doesn't get shaken by either hope or despair, she lives every day as though engraving her mark in life with a chisel. If it hadn't been for her, I would not

분이다. 그분은 희망이나 절망에 휘둘리지 않고, 매일 매일을 끌로 새기듯 살아간다. 할머니가 아니었다면, 이 소설을 쓸 수 없었을 것이다.

한때 나는 죽음이 두렵지 않다고 생각했다. 죽음은 자연스럽고 공평한 것이라고, 불완전한 나를 완전하게 만들어 줄 거라는 환상을 품었다. 그토록 자신만만했던 것은 내가 아직 젊었기 때문도 아니고, 어리석었기 때문도 아니다. 그저 죽음이 뭔지 몰랐던 것이다. 정말 소중한 것을 잃어버려 본 적이 없었던 것이다. 3년 전 나는 아이를 낳았고, 어머니가 되는 경험을 했다. 그리고 이제 안다. 그 아이가 내 앞에서 사라지는 것―그것이 죽음이다. 그 아이를 영영 잃어버리는 것―그것이 바로 죽음인 것이다.

우리는 죽음을 이해할 수 없다. 검게 입을 벌린 장막의 뒤편을 속수무책 바라볼 뿐, 한 발도 다가갈 수 없다. 심연은 그것이 끝이 아니라는 데서 진정한 공포로 작동한다. 만약 죽음이 끝이라면, 우리 모두 한순간의 죽음을 지체할 이유가 없을 것이다. 삶을 지속할 이유가 없을 것이다. 하지만 우리는 이토록 끈질기고, 고단하게,

have been able to write this story.

At one time, I thought I wasn't afraid of death. I believed that death was natural and fair, and I fantasized that it would make my incomplete self complete. I was confident not because I was young, or because I was foolish—I simply had no idea what death was. I'd never lost someone dear to me. Three years ago, I gave birth, and so experienced becoming a mother. And now I know: having my child taken away from me—that would be death. Losing my child forever—that's what death is.

Yet we still cannot fathom death. We only watch helplessly through the darkness of gaping open curtains; we cannot take even a step toward it. An abyss is a true horror because it is not the end. If death were the end, there would be no reason for us to delay it and it would be over in a moment. We would not have a strong reason to sustain our lives. Yet we choose to live on—persistently and agonizingly: falling in love again after a breakup; consuming food, even after losing a child; trying to sleep in the deep of the night, a heavy comforter pulled up to our chins—hoping that the things that have disappeared behind the curtain of darkness, the things we have lost, might come back to us as ghosts. That is what this story is about.

다시 살아가는 쪽을 택한다. 이별 후에도 사랑을 하고, 자식을 잃고도 밥을 먹고, 깊은 밤 무거운 이불을 목 끝까지 끌어 올리며 잠을 청한다. 저 어둠의 장막 뒤로 사라져버린 것들, 우리가 상실한 것들이 유령으로 돌아오기를 기다리면서. 그것이 이 이야기의 전부다.

해설
Commentary

어떤 초대

전소영 (문학평론가)

　지나쳐도 좋을 석양빛에 지친 걸음이 붙들리는 어느 날처럼, 무심한 시간의 궤도 위에 삶이 정박되는 순간이 있습니다. 대개 알아차리지 못했거나 알았어도 잊혔던 진실이 순간의 닻 삼아지는데, 그중 가장 무겁고 견고한 닻이 죽음인 것입니다. 죽음은 누구에게나 자비로운 망각이 애써 숨겨둔 진실입니다. 삶에 도착한 첫날부터 죽음 쪽으로 걷게 되어 있지만, 살아가야 하므로 매번 그것을 잊는 것이 사람의 일이라 하겠습니다. 그러다 어느 날 죽음이 서늘한 기척으로 다가오면, 더군다나 기한 없이 곁에 있을 것만 같던 익숙한 존재의 부음이 들려오면, 진실은 권태의 손아귀에서 일상을 꺼내

An Invitation

Jeon So-young (literary critic)

As there are days when you find your tired steps arrested by a sunset you would have passed by unobserved on another day, so there are moments when you find your life suddenly anchored in the otherwise relentless progress of time. Often, it's a moment of realization about a truth you'd not known or you'd forgotten. Of these experiences, the heaviest and strongest anchor that halts the flow of time is death. It is a truth that merciful oblivion does its best to conceal from the living. Since the first day in a life, everyone begins to advance toward death. Yet we have to forget death in order to live on. Then, one day, when the shadow of death draws near, particularly with the death of a loved one who you'd

어 덜컥 답하기 어려운 질문 위에 올려놓는 것입니다. 이를테면 '삶의 의미란 무엇인가'와 같은.

「할로윈」은 오랫동안 이 질문을 잃어버린 채 떠밀려 온 주인공의 삶이 할머니의 부고를 계기로 멈추는 순간 시작됩니다. 삶이라 했으나 살아있음을 가장한 삶, 죽음을 연기해온 삶이라 해도 좋겠습니다. "너무 일찍 노인이 되는 법을 배"웠다거나 "적당히 연명하다가 어느 순간 끊어지면 그뿐"이라고 되뇌는 '나'의 하루하루는 분명 삶에의 열망(eros)보다는 죽음에의 욕망(thanatos) 쪽으로 기울어져 있는 듯 보입니다.

이와 같은 '나'의 상황이, 그녀를 내내 잠식해 온 상실의 기억에서 비롯되었다는 사실을 우리는 짐작할 수 있습니다. 유년 시절 부모의 이별로 할머니 손에 맡겨졌던 '나'는 그나마 할머니와도 "의심할 바 없는 애정을 받았지만, 때로는 한 발도 다가설 수 없"는 관계 속에서 지냅니다. 이후 이 결핍과 상흔은 이후 무람없는 낙인이 되어 '나'의 미래를 결정하기에 이릅니다. 그녀는 관계 맺기에 유능한 타인들과의 연애를 몇 차례 실패한 채 "나에게 관계를 지속할 능력이 없다"고 속단했고, 그 반대급부로 자신만큼이나 누추해 보이는 '군'에게 마음을

imagined would always be at your side, this truth snatches your everyday life out of the grasp of the ordinary and places in front of it difficult questions, such as: "What is the meaning of life?"

The short story "Halloween" begins at the precise moment that the protagonist's life becomes anchored by her grandmother's death. She had forgotten to even ask about the meaning of her life, and so it had simply drifted on. It was a life disguised as living—one that merely delayed death. The narrator, who has "learned to become an old person too soon" and believes she could "get by until [her] life ends, and that would be it," lives every day, gravitating toward both the desire for death (*thanatos*) than a passion for life (*eros*).

We assume that the narrator's situation has resulted from a sense of loss that was gradually gnawing away at her. She was sent to live with her grandmother after her parents' divorce and "received unquestionable love" from her, yet "at times [she] couldn't take a step toward" her grandmother. Since then, her losses and wounds had become stigmas that were determining her future. After a few broken relationships with men who seemed good at relating, she summarily decided she "didn't have the ability to maintain a relationship." Then she ends up falling madly in love with Gun, who seems as

송두리째 빼앗겼습니다.

　다만 "유일하게 진실"이라 확신했던 '군'과의 도피생활마저 영문도 모른 채 끝나버렸을 때, '나'는 정말이지 죽음의 인력에 스스럼없이 자신을 내맡겨버립니다. 애초에 그녀 곁에 도사리던 죽음의 기색이 관계의 불가능성에서 비어져 나왔던 만큼, 철저한 관계의 몰락은 죽음에 점령됨을 의미하는 것이기도 했습니다. '나'는 무덤과 같은 지하방에 "좀비처럼 입을 벌리고 누워" 겨우 숨을 연장합니다. 좀비라면 육신은 살았으나 "죽은 영혼"을 지닌 자, 말하자면 산 채로 죽은 자나 다름없습니다. 그녀는 그렇게, 이승을 배회하는 죽은 존재처럼 살았을지도 모르겠습니다. 그런데 우연을 가장한 필연처럼 할머니의 부고가 도착해 가까스로 무덤 속에서 그녀를 일으킵니다. 유언의 본질이 실은 그렇습니다. 끝남으로, 시작되길 당부하는 이야기입니다. 그것으로 할머니가 '나'에게 전해주고자 했던 것은 비단 가게만이 아니었을 것입니다.

　할머니는 오래 당신이 숨기고 있었던 아픔이자 공백인 다니엘의 존재를 '나'에게 보여줍니다. 다니엘은 할머니로부터 버림받아 미국으로 입양된 딸입니다. 한때

wretched and miserable as she is.

Yet when her escape with Gun, an action she considers the only truth in her life, ends without an explanation from him, she cedes to the pull of death without reservation. The presence of death that accompanies her at all times, lying in wait throughout her life, seems to have originated from her inability to maintain a relationship. And the collapse of a "true" relationship signifies her defeat into the hands of death. In fact, the narrator barely survives, lying on her back with her "mouth agape like a zombie" in her grave-like basement apartment. Like a zombie— a person that seems alive, but has a dead soul—the narrator lives on, a dead soul wandering around in the world. Then the news of her grandmother's death and her will arrive, and raise her from the grave, or at least the undead. In a sense, that is what a will is: a story that signals a beginning within an end. Her grandmother's passing gives the narrator more than a store.

The grandmother brings Danielle, who has been a painful and secretive presence and void in the grandmother's life for a long time, to the narrator. Danielle is her daughter, given up for adoption and sent to the United States. Danielle had tried diligently to look for her birth mother, but had failed. She then spent her life wandering around the world to

엄마를 찾으려 애썼지만 실패했고, 그 실패의 여파로 유랑 생활을 하기도 했습니다. 그녀는 자신이 선택할 수 없는 상실을 경험했다는 점에서 '나'와 닮아 있습니다. 그러나 상실 이후의 삶 속에서 둘의 행보는 달랐습니다. 상처 안에 자신을 유폐시킨 '나'와 달리 다니엘은 스스로의 상처를 구슬 삼아, 카드 삼아 타인의 아픔이 지닌 인과율을 어루만져왔습니다. 영매사란 본디 그와 같은 존재입니다. 고통스러워하는 산 자와 죽은 자의 소리에 귀 기울이고 과거와 미래까지 보듬는 자. 장례 기간 동안 그의 곁에 있어서였는지 '나'는 휘청거리던 삶을 붙들고 조금씩 다른 행보를 기약하기 시작합니다. 그러고 보면 영매사인 다니엘이, 산 채로 죽음 곁을 배회하던 '나'에게 도착한다는 설정, 참 명민한 것이었다는 생각입니다.

다니엘이 '나'와 조우시킨 것은 엄밀히 말해 '죽어 있었던 과거'입니다. '나'는 그녀와의 만남을 통해 애써 풀어보지 않으려 했던 지난 일들의 매듭 앞에 조심스럽게 다시 서게 됩니다. 그것은 '나'의 관계를 허물어왔던 뼈아픈 상흔들과 대면하는 일이기도 했습니다. 처음으로 할머니와의 기억. '나'는 할머니와 함께 갔던 성당에서,

cope with her pain. Danielle is similar to the narrator in that she experienced loss, not as a result of her own choices, but because conditions were handed to her. Yet their lives diverged after their losses. Unlike the narrator, who incarcerated herself in her pain, Danielle, has learned to soothe and touch the root of other's pain through her own. As a psychic, she listens to the painful cries of the living and the dead and embraces their past and future. Because of Danielle's presence during the funeral and later at the store, the narrator begins to take more control of her fractured life and starts out on a new path. Having Danielle, a psychic, interact with the narrator, who has stayed close to death throughout her life, is a clever device.

Danielle helps the narrator confront her "dead past." Through her encounter with this character, the narrator comes around to dealing with the knots in her past that she had never attempted to untie. She also faces the deep scars that have destroyed her ability to have a relationship. At the church she once visited with her grandmother, she comes to understand her grandmother's guilt and pain for the first time, remembering her prayer that consisted solely of the two words "forgive me." Indeed, perhaps her grandmother's secret had been the cause of the distance between them. When the narrator

어쩐 일인지 "용서"라는 단어가 기도의 전부였던 할머니의 죄책감과 통증을 뒤늦게 헤아립니다. 어쩌면 그 비밀이 둘 사이 거리의 정체였을 것입니다. 온전히는 아닐지라도 '나'가 그것을 이해하기 시작했을 때 거리는 사라집니다. 종내 그녀만이 할머니를 위해 진심으로 눈물을 흘립니다.

다음으로는 '군'과의 기억. '군'이 사는 곳에 찾아가 그를 만난 '나'는, 자신의 연애가 흡사 생기 없는 LED 조명에 불 밝혀진 방처럼 가짜였음을 알아차리게 됩니다. 그도 그럴 것이 타인의 그늘이 자신을 구원해주거나, 자신의 그늘이 타인을 구원해주기를 바라는 것("나는 그를 구해주고 싶었고, 그가 나를 구해주기를 바랐다.")은 서로의 상처를 대하는 온당한 방식이 아니기 때문입니다. 그것은 차라리 필요에 의해 타인/자신의 고통을 도구 삼는 일에 가깝습니다. 상대가 나의 공백을 채워줄 수 있을 것 같으면 머무르고 부족하다 여겨지면 가차 없이 떠나는 것이 그와 같은 관계 안에서의 일입니다. "집으로 돌아갑니다"라는 여덟 글자 암호의 열쇠는 "세희 씨와 함께 있으면 무서움이 사라질 줄 알았는데. 무서워요, 아직도"라는 말이었습니다. '군'의 떠남은 예정된 귀결이

begins to understand, perhaps not entirely, but at least partially, the distance between her and her grandmother begins to narrow; and, at last, tears for her grandmother rise from the bottom of her heart.

Then there are the memories of her time with Gun. The narrator goes back to Gun's apartment building and faces him, and in the encounter realizes that her relationship with him was fake, like a room lit up with cold LED lights. She realizes that hoping for two shadows to save each other ("I wanted to rescue him and I longed for him to rescue me.") is not the right way to heal wounds. Rather, it is like using one's own and another person's pain to fulfill oneself out of sheer necessity. In such a relationship, someone stays as long as they believe the other can fill the void in their heart, but leave without hesitation when feeling unfulfilled. The key to the coded, "I am going home," was the declaration: "I thought I wouldn't feel scared if I was with you. But I'm scared, still." Gun's leaving her was a logical outcome of their relationship.

After suffering through her tortuous past, the narrator falls into a long sleep. There, she encounters her grandmother's soul, and the bluish light of dawn, which brings a recollection of the warm breakfast her grandmother used to prepare for her and of herself consuming it. The warmth of the food is life-

었을 것입니다.

아픈 과거를 돌이켜 다시 살아내는 지난한 노역을 마친 끝내 '나'는 긴 잠에 빠져듭니다. 거기서 할머니의 영혼, 푸르스름한 기운을 마주하는데 그 기운은 할머니가 지어주던 밥과, 온기 어린 밥을 먹던 '나'의 기억을 불러냅니다. 밥의 온기란 삶의 온기입니다. 식사는 언제나 살아있음을 가장 선명하게 증언해주는 순간이었습니다. 이쯤에서 우리는 '나'의 삶이 죽음 대신 삶 쪽으로 선회할 것이라 예감할 수 있습니다.

관계의 무너짐이 '나'를 죽음 쪽으로 밀었다면, 삶 쪽으로 끌어당기는 것 또한 관계여야 할 것입니다. 이제, 그간 보지 못했거나 모른 척했던 주변 존재들의 사정이 '나'의 삶에 개입해오기 시작합니다. 가까이에는 미애가 있습니다. 혈연 대신 상처로 자매처럼 맺어진 그녀의 곤경과 궁핍이 새삼 마음에 걸립니다. '나'는 그녀를 동업자로 곁에 세웁니다. 멀리엔 노파들이 있습니다. 죽음의 기척에 쫓기면서 생을 부여잡은 존재들. 노인복에 새겨진 그들의 "슬픔과 원한"을 읽습니다. '나'는 노인복 가게를 계속해나가기로 결정합니다. 미애나 노파들의 아픔은 이제 '나'의 아픔과 생생하게 연루됩니다.

giving, and eating was the action that most con-
firmed that she was alive. And now we can tell that
the narrator's life will take a turn toward life instead
of death.

So failed relationships pushed the narrator toward
death, but successful ones draw her back to life.
And those who existed in the margins of the narra-
tor's life, or that she had unaware of, come into her
life. The first is Miae, the young woman who had
helped her grandmother in the store. The narrator
becomes aware of the hardships and poverty that
surrounds this woman, who is like a sister to her,
not by blood but by circumstances. So the narrator
extends an invitation to make her a business part-
ner. Then there are the old women who hang onto
life, with death chasing them. The narrator reads the
grief and grudges etched in their clothes. Perhaps
because of this new sensitivity, she decides to keep
the store and continue to sell clothes for the elderly.
With her decisions, the pain that Miae and the old
women harbor become intermingled with the narra-
tor's pain.

This is a beautiful story about an anguished indi-
vidual who begins to bond with others as she
comes to understand their circumstances, pains, and
wounds. She quietly accepts their pain, by also
thinking of her own pain, rather than searching for

앓는 개인이 타인의 아픔과 사연을 헤아리기 시작하면서 고통의 유대로 나아가는 아름다운 풍경입니다. 어떤 필요에 의해, 자기 위안을 위해 타인의 상처를 더듬어 찾는 것이 아니라 자신의 아픔에 비추어 타인의 아픔을 고요히 용인하는 일. 내게 때로 감당 못 할 환부가 있듯 타인에게도 그런 환부가 있음을 헤아리는 일. 모두가 실은 약하고 여린 존재임을 기억하는 일. 이것은 상처에 점령당하는 대신 차라리 상처로써 타인과 함께 삶을 살아내려는 생의 의지처럼 보이고 들립니다. 생사의 경계, 할로윈에서 건져낸 삶의 의미라 해도 좋겠습니다.

유대 가능한 고통이라는 것이 그렇습니다. 이처럼 인식과 인정의 노고를 전제로 하는 수평인 것이어서, 작은 계기로도 얼마든지 우리를 마주설 수 있게 합니다. 조심스럽게 비약하자면 이것이야말로 '나가 그렇게 바라온 오롯한 관계, 종종 사랑이라 불리는 연결일 것입니다. 또한 고통스러운 사건의 범람 속에서도, 타인에 대한 돌봄이라면 낡은 유물처럼 여기는 이 세계에 도래하기를 절실히 바라게 되는 사랑입니다.

이처럼 때로 어떤 소설은, 무심한 시간의 궤도에 삶을

their scars to satisfy her own needs. She comes to understand that, like herself, other people have wounds they cannot cope with, and remembers that everyone is weak and fragile. These are the signs of her will to live on with others, instead of letting herself to be trapped in her pain. It is the meaning of life, which the narrator found through the character Danielle and Halloween, an observance at the boundary of life and death.

Pain enables us to bond with each other. The smallest opportunity to recognize and accept each other's pain helps us to stand erect. We can even say that this is the perfect relationship the narrator had longed for: the bond often called love. It is love that we hope for in the flood of torment and agony, in a world that considers caring for others to be an outdated way of living.

Some stories anchor our lives in the relentless flow of time. They snatch us out of the grasp of boredom and routine, and place before us difficult questions. In classical thought, this relentless progress of time is called *chronos*, while a fateful moment of decision and action is *kairos*. In Halloween, we pass through a story of *kairos*, which can be another name for "opportunity."

정박시킵니다. 우리를 권태의 손아귀에서 빼내어 덜컥 답하기 어려운 질문 위에 올려놓을지도 모릅니다. 무심한 시간의 궤도를 크로노스, 정박된 순간을 우리는 종종 카이로스라 부릅니다. 우리는 지금 막 카이로스의 소설을 지나온 참입니다. 카이로스의 다른 이름은 '기회'였습니다.

비평의 목소리
Critical Acclaim

생의 어느 부분에서, 소설쓰기에 진심으로 매달려 살겠구나, 하는 믿음이 느껴지는 작가다.

조경란, 「제12회 문학동네작가상 심사평」, 《문학동네》,

문학동네, 2007

우리가 정한아의 소설에서 읽어야 할 것은 그녀의 인물들이 보여주는 삶에 대한 자유로운 태도가 그들의, 아니 우리의 냉랭한 삶을 몇 도쯤 데워줄 수 있다는 사실, 그리고 우리의 잿빛 삶의 명도뿐 아니라 채도 역시 조금 바꾸어줄 수 있다는 사실, 바로 그것일 것이다. 그러니 우리는

Chung is a writer who will cling to writing fiction with all her heart at one point in her life.

Jo Kyung-ran, "Judges' Remarks on the 12th *Munhakdongne* Writer Award," *Munhakdongne*, Munhakdongne, 2007

What we need to read in Chung Han-ah's stories is the fact that the unrestrained attitude toward life her characters have can add a few degrees of warmth to our cold lives; that it can make our ashen lives not only brighter but also a bit more colorful. That's why we cannot but have faith in her

삶의 여러 빛깔들을 건져올리고 있는 그녀의 손놀림을 믿고 따라갈 수밖에 없다.

조연정, 작가론 「진짜 긍정의 고통스런 안쪽」, 《문학동네》,

문학동네, 2009

정한아에게서 어떤 긍정의 조짐을 엿볼 수 있다면, 삶의 비의를 응시하고 이를 담담히 이겨내는 태도 그 자체에서 비롯되는 것이리라. 끈덕지게 아픔의 근원을 캐고 이를 한 편의 이야기로 재구성해내는 일을 통해, 그는 일찌감치 애도는 완수해야 할 일이 아니라 평생 함께 더불어 살아가야 할 원래적인 상태임을 깨닫게 되었는지도 모른다.

이소연, 해설 「애도, 맥동하는 희망의 몸짓」, 『애니』,

문학과지성사, 2015

hands and follow her as she scoops up the various colors of our lives.

Jo Yeon-jeong, Review of a Writer "The Painful Insides of True Optimism," *Munhakdongne*, Munhakdongne, 2009

The hints of optimism in Chung Han-ah's works must come from her composure as she looks straight at the mysteries of life and overcomes them. Doggedly she gets to the root of her pain and recreates them into narratives. Maybe it is through such process that she realized early on that mourning is not something that needs to be finished but a fundamental state of being that accompanies oneself throughout her life.

Lee So-yeon, Commentary "Mourning: A Gesture of Palpitating Hope," *Annie*, Moonji Publications, 2015

K-픽션 017
한로원

2017년 2월 6일 초판 1쇄 발행
2021년 11월 29일 초판 2쇄 발행

지은이 정한아 | **옮긴이** 스텔라 김 | **펴낸이** 김재범
기획위원 전성태, 정은경, 이경재
인쇄·제책 굿에그커뮤니케이션 | **종이** 한솔PNS
펴낸곳 (주)아시아 | **출판등록** 2006년 1월 27일 제406-2006-000004호
주소 경기도 파주시 회동길 445
전화 031.955.7958 | **팩스** 031.955.7956 | **홈페이지** www.bookasia.org
ISBN 979-11-5662-173-7(set) | 979-11-5662-304-5(04810)
값은 뒤표지에 있습니다.

K-Fiction 017
Halloween

Written by Chung Han-ah | **Translated by** Stella Kim
Published by ASIA Publishers
Address 445, Hoedong-gil, Paju-si, Gyeonggi-do, Korea
Homepage Address www.bookasia.org
Tel. (8231).955.7958 | **Fax.** (8231).955.7956
First published in Korea by ASIA Publishers 2017
ISBN 979-11-5662-173-7(set) | 979-11-5662-304-5(04810)